校記

卷一

韻例

[一]　明州本、毛鈔、錢鈔「韻」字作「韻」。

[二]　姚覲元《集韻校正會編》曰：「宋本作『一百户』，以後每卷皆然。」朱一新、錢恂校明州本同。按：姚氏謂「宋本」指南宋明州刻本《集韻》。

[三]　明州本、潭州本、毛鈔、錢鈔「世」字作「丗」。龐鴻文校明州本同。朱校同。

[四]　明州本、毛鈔、錢鈔「箸」字作「著」。龐校、朱校同。馬釗《影宋本集韻校勘記》：「『箸』、『著』古今字，下『論著』同。」

[五]　明州本、潭州本、錢鈔「鈌」字作「缺」。馬校、龐校、朱校同。

[六]　明州本、潭州本、毛鈔、錢鈔「禆」字作「裨」。馬校、龐校、朱校同。

[七]　明州本、毛鈔、錢鈔「詔」字提行。馬校：「局連寫，非其舊。」姚校、朱校同。按：馬氏所謂「局本」指曹楝亭揚州詩局刻本，即通常所謂「曹本」。

[八]　明州本、毛鈔、錢鈔「撰」字作「撰」。朱校、錢校、姚校同。下文同。

[九]　「本」字毛鈔作「夲」。馬校：「『本』『夲』正俗字。」按：依《説文》「本」、「夲」形、音、義各别，不當視爲正俗字。

[一〇]　明州本、毛鈔、錢鈔「椊」字作「稡」。陸心源《校集韻》、馬校、龐校、錢校同。姚校：「『椊』作『稡』，从禾。」

[一一]　明州本、潭州本「籀」字作「籒」。龐校、錢校同。

[一二]　馬校：「『詔』宋本另行，局空一格。」按：馬氏所謂「宋本」指袁漱六氏覆毛氏汲古閣影宋鈔明州本，潭州本亦另行。朱校：「『詔』字跳行。」

韻目

[一]　馬校：「『平聲一』宋低一格，另行，局同。」按：潭州本低兩格。

[二]　馬校：「『東第一』宋低一格，另行，局同。」每卷皆如此。按：潭州本低兩格。

[三]　明州本、潭州本、毛鈔、錢鈔「微」字作「微」。龐校同。下文同。

一東

[一]　李貽德曰：「《山海經》發鳩山只有漳水。《玉篇》亦不收此字。《廣韻》收之而引《説文》，當亦是二徐輩增字。」

[二]　潭州本、明州本注「尒」字作「爾」。朱校同。

[三]　潭州本、明州本注「辭」字作「辭」。朱校同。

[四]　龐校「鶇」字作「辯」，疑誤。潭州本、毛鈔、錢鈔作「鶇」。

[五]　方成珪《集韻考正》：「案：《山海經》三《北山經》作『其名曰辣辣』，《廣韻》『曰』字不夌，『辣』字亦止單出。《類篇》與此同。」陳準《集韻考正校記》：「『《類篇》與此同』五字在『《廣韻》曰』上。」

［六］　姚校：「宋本同。余氏蕭客校本『劣』上有『儜』字。」錢校同，惟缺末筆。按：《玉篇・人部》：「倲，儱倲，儜劣貌。」此似脱。下文盧東切「儱」下亦脱。

［七］　方校：「案：『上』譌『山』。據《廣韻》、《類篇》正。」按：明州本、錢鈔「山」字正作「上」。陳鱣校、錢校同。姚校：「宋本『山』作『上』，余校同。吕氏賢基云：『山埬，《廣韻》作上埬。』」馬校：「『山』，宋亦誤。《類篇》、《廣韻》皆作『上』。」丁士涵校同。

［八］　《廣韻》云：「《地理志》云：『東郡館名。』」訓與此同。洪亮吉《曉讀書齋四録》卷上云：「今考今本《地理志》東郡臨邑有涷廟，字从『水』，非『食』也。《玉篇》亦不收『餗』字。是當以『涷』爲正。《説文》：『涷水出發鳩山入於河。』與東郡之臨邑無涉。惟濟水實經於此，乃悟《地理志》『涷』字實『泲』之誤。下小顔注『泲』亦濟水字也，益可證『涷』當作『泲』。《郡國志》云：『泲廟在臨邑。』《水經注》云臨邑有泲水祠是也。因『泲』而誤作『涷』，因『涷』又誤作『餗』。真所謂『字經三寫，烏焉變馬』矣。《廣韻》、《集韻》等皆然，字書之不足信如此。」

［九］　方校：「《方言》九作『鍊』。郭音東。盧紹弓學士謂當音諫。此字从東，音東，與李文綬本《方言》同。」董文焕校：「焕案：曹憲與《廣韻》音諫，非从東也。」按：此字誤以从柬爲从東。《廣韻》此小韻下未收此字，此字當如盧紹弓音諫，在上聲《諫韻》居宴切下，不當列入都籠切。

［一〇］　明州本、潭州本、毛鈔、錢鈔「軟」字作「軑」。段校、陸校、馬校、丁校、龐校、朱校同。方校：「案：『軟』當从宋本及各本《方言》作『軑』。」姚校：「宋本『軟』作『軑』。」余校、韓校並作『軑』。」按：韓校指韓泰華校毛鈔本。

［一一］　明州本、潭州本、毛鈔、錢鈔「具」字作「吳」。馬校、丁校、龐校、朱校同。姚校：「宋本『具』作『吳』，是。影宋、韓校皆同。」按：姚所謂影宋指汲古閣毛氏影鈔明州本。

［一二］　明州本、潭州本、毛鈔、錢鈔注「髮」字作「鬆」。汪道謙校、龐校、朱校同。姚校：「宋本『髮』作『鬆』，从松。韓校同。」

［一三］　明州本、潭州本、毛鈔、錢鈔注「遠」字作「達」。余校、陳校、韓校、陸校、丁校、龐校、朱校、錢校、姚校同。方校：「案：『達』譌『遠』，據宋本及《説文》正。」

［一四］　方校：「案：王氏石臞《廣雅疏證》據《御覽》於『附支』上補『丁父』二字。」

［一五］　方校：「案：《山海經》同。《東山經》『呼』作『訆』。句上有『名曰狪狪』四字。蓋獸名疊字者，與『辣辣』同也。」陳準曰：「準案：第一『同』字譌，當據稿本改作『四』字。」按：今《山海經・東山經》字作「狪」。郝懿行《山海經箋疏》：「古本作『狪』。」

［一六］　李校：「《郊祀志》：『桐生茂豫。』師古曰：『古讀爲通。』」馬校同。

［一七］　明州本、毛鈔、錢鈔注「迹」字作「跡」。龐校同。按：《類篇・田部》「畽」字注亦作「跡」。

［一八］　陳校：「《廣韻》有『恮』字，云：『古文。出道書。』」

［一九］　明州本、毛鈔、錢鈔「童」字作「童」。龐校、朱校同。方校：「案：重文『童』譌『童』，據宋本正。」姚校：「宋本『童』作『童』。韓校同。觀元按：籀文『童』中从『廿』，注引《説文》甚明，宋本亦微誤。」

［二〇］　方校：「案：大徐本『罪』作『辠』，當从之。」

［二一］　按：全書注文「籀」字均作「籒」。

［二二］　明州本、毛鈔、錢鈔注「敬」字缺末筆。馬校：「敬，宋人諱缺末筆，局不缺，全書倣此。」姚校：「宋本『敬』缺末筆，後文皆然。」錢校同。

［二三］　《廣韻》作「日欲明」。本韻他東切下亦作「曈曨，日欲明」。盧東切「曨」字注云：「曈曨，日出。」

［二四］　明州本、毛鈔、錢鈔注「熟」字作「孰」。龐校、朱校、錢校、姚校同。馬校：「『孰』、『熟』古今字。《三鍾》『種』注宋、局俱作『後熟』，『饕』注『孰食』，局作『熟』。刻宋本宜一例俱改作『孰』。」方校：「案：『熟』當从宋本作『孰』。」

［二五］　明州本注「蓺」字作「埶」。龐校、朱校、錢校同。馬校：「局作『蓺』，非。」姚校：「宋本『蓺』作『埶』，从埶。」

［二六］　方校：「案：《廣韻》『鸏』作『鷚』。」

［二七］　明州本注「鼓」旁从支。姚校：「宋本『鼓』偏旁从支。余校作『鼟』，下从甬。段云：疑是『鼟』。陳校：『疑从甬，乃得聲。』」馬校：「『鼟』當爲『鼟』，宋亦誤。」陸校、方校同。

［二八］明州本、毛鈔、錢鈔注「埤」字作「埤」。衛天鵬校、朱校同。龐校：「下皆同。」

［二九］《説文》見《言部》，注「諿」字作「諔」。明州本、潭州本、毛鈔、錢鈔亦作「諔」。方校、龐校、朱校同。馬校：「局誤『諿』，《類篇》作『諔』，不誤。」姚校：「宋本作『諔』。余校、韓校同。」

［三〇］「戫」字，明州本、潭州本、毛鈔、錢鈔作「戫」，注同。顧廣圻校、龐校、陸校、朱校同。方校：「案：宋本及《韻會》『戫』作『戫』。《類篇》入《戈部》，今仍之。」按：方校疑未當。馬校：「局誤从戈作『戫』。」當據改。姚校：「『戫』宋本作『戫』。韓校同。」

［三一］陳校：「《廣韻》此字下有『鸗』字，同『龖』。」

［三二］明州本、毛鈔、錢鈔注「喉」字作「喉」。姚校：「宋本『喉』作『喉』。韓校同。」

［三三］明州本、毛鈔、錢鈔「夒」字作「夒」，从夂。龐校、朱校同。馬校：「『夂』，宋本皆如此作，局俱从夕，不可從。」

［三四］明州本、錢鈔注「皃」字作「皃」。龐校、朱校、錢校同。姚校：「宋本作『皃』，省『灬』。」

［三五］衛校：「『丁』，《爾雅》作『虰』。」丁校同。

［三六］余校：「按：《漢書・地理志》作『都龐』。應劭音龍，師古音聾。」錢校同。

［三七］明州本、毛鈔、錢鈔注「惾」字作「惾」。余校、龐校、朱校同。

［三八］明州本、毛鈔、錢鈔注「筐」字缺末筆。余校、錢校、朱校同。姚校：「宋本『筐』字缺筆，後凡『筐』字皆然。」

［三九］方校：「重文『莑』譌『莑』。」按：明州本、毛鈔、錢鈔「莑」字正作「莑」。方校、龐校、朱校同。姚校：「余校『莑』作『莑』，从丰，是。」

［四〇］明州本、潭州本注「三一」作「三十一」。余校、汪道謙校、韓校、龐校、朱校、錢校、姚校同。方校：「案：『三一』當从宋本作『三十一』。」

［四一］方校：「案：『草』當从《説文》及《類篇》作『艸』。」按：明州本、毛鈔、錢鈔正作「艸」。龐校、朱校同。姚校：「宋本『草』作『艸』，是。韓校同。」

［四二］衛校：「『車』下《方言》有『枸』字。」丁校、方校同。

［四三］明州本、錢鈔「孳」字作「孳」，注同。錢校同。姚校：「宋本作『孳』，从手。」朱校：「按：此誤字。」

［四四］姚校：「余校：『犳作塞。』覲元按：『犳』當作『犳』，从刀誤。」

［四五］明州本、潭州本、毛鈔、錢鈔注「焞」字作「浡」。汪校、衛校、方校、龐校、朱校、錢校同。姚校：「宋本作『浡』，是。」

［四六］明州本、潭州本、毛鈔、錢鈔「塚」字作「塚」。龐校、朱校、錢校同。陳校：「『塚』从冡，不从家。」姚校：「宋本作『塚』，是。」按：此字注文作「塚」，不誤。

［四七］明州本、毛鈔、錢鈔注「諆」字作「諆」。龐校、姚校、朱校、錢校同。方校：「案：諆，宋本及《類篇》作『諆』，當以『諆』爲正。」似泥。

［四八］衛校：「《莊子》『韼』字作『蓬』。」丁校同。按：《莊子》見《説劍》。釋文：「蓬，步公反。本或作『縫』。」宋本釋文「縫」字作「韼」。

［四九］《類篇・玨部》：「琫，房六切，《説文》曰：『車軨間皮篋。』又蒲蒙切。文一，重音三。」按：《説文・玨部》、《玉篇・玨部》及本書《屋韻》房六切、《職韻》筆力切「琫」字注「笭」下俱有「間」字。《屋韻》敕六切作「車笭篋」，更是省文。

［五〇］方校：「案：『槅』譌『槅』，據《類篇》正。」

［五一］注「王」字，衛校：「今本《爾雅》作『玉』，與開成石經合。」丁校、方校同。

［五二］明州本、毛鈔、錢鈔注「曰」字作「冃」。陸校、龐校、朱校、錢校同。方校：「案：宋本及後莫報、謨沃、密北三音『冃』竝譌『冃』，本注『冃』譌『冃』，據《説文》正。」馬校：「注中『冃』字局皆作『冃』，則宋本誤也。案：『冃』在《説文・冃部》，从冂，冂亦聲。音蒙者，音之轉也。鍇本《冃部》又有『冃』字。《集韻》去聲之《号》，入聲之《沃》、《德》皆从『冃』作『冃』，《玉篇》亦作『冃』。《説文》注云，鉉本及《廣韻》有『冃』無『冃』。今檢《廣韻》並不見『冃』字，唯《集韻》有『冃』。」姚校：「影宋本『冃』作『冃』，『冃』作『冃』，非。」

［五三］方校：「『説』譌『読』，據《類篇》正。」按：明州本、毛鈔、錢鈔「読」正作「説」。龐校同。

[五四] 段校「跃」改「茀」。姚校：「『跃』字，鈕氏樹玉校本改『茀』。」丁校據《爾雅·釋詁》改「茀」。顧校、方校同。

[五五] 余校「鬐」作「鬉」。按：明州本、毛鈔、錢鈔作「鬐」。龐校、錢校同。方校：「案：據《類篇》注云『馬項鬣』，則『鬣』與『鬐』通。」

[五六] 李校：「《爾雅》曰：『天氣下地不應曰雺。』而今本《說文》作『霿』。『地氣發天不應曰霧。』今本《說文》作『霚』。似『雺』、『霿』與『霚』、『霧』各義，不當以『霚』、『霿』、『霧』並爲『雺』之或字。然《說文》『霚』籀文省作『雺』，徐鍇云『今借從霧』，是『雺』、『霧』、『霚』三字不通。《玉篇》『霚』同『雺』，『雺』从矛，聲相近。《洪範傳》曰『蒙』，《宋世家》作『霧』，鄭康成《洪範注》作『雺』，是古以『雺』、『霚』、『蒙』爲『霧』矣。《甘泉賦》李注引《爾雅》『天氣下地不應曰霧』，可見古本上句『雺』寔作『霧』矣。《爾雅》釋文『霧本作霿』，可見古本下句寔作『霿』。《玉篇》：『霿，武付切，地氣不應也。』《爾雅》：『霧謂之晦。』《說文》則曰：『霿，晦也。』是『霧』、『霿』互易相沿已久，不復剖析。貽爲定之曰：『雺』、『霚』、『蒙』三字同『霧』，當讀與『雺』同。『霿』一字異『霧』，當讀今之『霧』聲。」

[五七] 明州本、毛鈔、錢鈔注「入」下有「貌」字。姚校同。

[五八] 此字在《肉部》，與前「朦」字从「月」不混。

[五九] 明州本、毛鈔、錢鈔注「皃」字作「貌」。朱校：「宋本『皃』作『貌』。此處仍作『皃』。」錢校同。按：作「皃」與全書一律。

[六〇] 《說文》見《目部》，「明」下有「也」字。

[六一] 明州本、毛鈔、錢鈔注「鶲」字作「鶲」。龐校、朱校、錢校同。姚校：「宋本『鶲』作『鶲』。」

[六二] 方校：「案：《說文》『矇』作『鸏』。」

[六三] 明州本、潭州本、毛鈔、錢鈔「懵」字作「懜」。陳校、姚校、朱校、錢校同。方校：「案：『懵』譌『懜』，據宋本及《類篇》正。」

[六四] 段校：「出《周禮注》。」丁校：「《書》作『曰蒙曰驛』。此本《周禮·太僕》注。」

[六五] 明州本、潭州本、毛鈔、錢鈔注「軌」字作「軌」。顧校、韓校、方校、龐校、朱校、姚校同。陸校作「軓」，云：「下倣此。」

[六六] 李軌說見《周禮·夏官·職方》，釋文：「瞢，李一音亡雄反。」此與字音謨蓬切爲類隔切，無涉釋義。「說」疑當作「讀」，書中此類多矣。

[六七] 方校：「案：『薨』上譌重屮，『孼』譌『蘖』，據《廣雅·釋屮》正。」按：明州本作「薨」，毛鈔、錢鈔同。龐校、朱校、錢校同。

[六八] 明州本、毛鈔、錢鈔注「類」字作「蒴」。顧校、馬校、龐校、朱校、錢校同。姚校：「宋本『類』作『蒴』，从肖。」韓校同。」

[六九] 余校「鑿」作「鑿」。

[七〇] 明州本、毛鈔、錢鈔「麲」字作「艴」。姚校：「韓校『色』旁上『刀』改『⺈』。」

[七一] 明州本、潭州本、毛鈔、錢鈔注「自」作「𠂤」。陸校、龐校、朱校、錢校同。方校：「案：『𠂤』譌『自』。據《類篇》正。宋本作『𠂤』，亦誤。」按：姚校：「宋本『自』作『𠂤』，是。影宋本、余校、韓校皆同。」方校泥。

[七二] 按：《春秋·昭公二十年》：「夏，曹公孫會自鄸出奔宋。」杜注：「鄸，曹邑。」釋文：「鄸，莫公反。」此條本杜注及釋文。注「魯」字當作「曹」，蓋形近而譌。《廣韻》作「鄸」，云：「邑名，在魯郡。」亦誤。

[七三] 明州本、錢鈔注「愻」字作「懣」。龐校、朱校、錢校同。姚校：「宋本『愻』作『懣』。」

[七四] 明州本、毛鈔、錢鈔注「乎」字作「手」，《類篇·手部》亦作「手」，當據正。

[七五] 明州本、潭州本、毛鈔、錢鈔注「惠」上有「了」字。陸校、方校、龐校、朱校同。姚校：「宋本『惠』上有『了』字。影宋本、韓校皆同。」

[七六] 陳校：「《廣韻》从日。」按：《廣韻》注云：「白皃。出《聲譜》。」

[七七] 明州本、毛鈔、錢鈔注「蜙」字作「蚣」。陸校、方校、龐校、錢校同。又明州本、毛鈔、錢鈔「蜙」字下無空格。姚校：「宋本空白是『蚣』字。」余校：「《爾雅》下五字作『蜙蝑，蜙蝑也』。」朱校：「『蜙』下『或』上有一『蚣』字，無『蝑』字。」

［七八］　姚校：「宋本『鑿』作『鑿』，从凿。韓校同。」
［七九］　方校：「案：《説文》作『悤』，當以『悤』爲正。凡偏旁从『悤』者放此。」
［八〇］　明州本、潭州本「殷」字缺末筆。馬校：「『殷』，宋人避諱缺筆。局不缺，全書放此。」錢校同。
［八一］　方校：「案：《玉篇》、《廣韻》訓『尖頭擔』，《類篇》與此同。」
［八二］　方校：「案：二徐本作『一曰大鑿平木者』，不分兩義。」陳準曰：「稿本無上『不分兩義』四字。」又余校：「『剗』字作『器』。」按：《廣韻》作「大鑿平木器」。此余校所本。
［八三］　明州本注「玉」字作「五」。朱校：「『玉』誤『五』。」又明州本注「者」下有「也」字。龐校同。
［八四］　明州本、潭州本注「絹」字作「絹」，从肙。朱校同。
［八五］　方校：「此見《淮南子·説林訓》，注：『青蜓也。』又『水蠆爲蟌蒠』，注：『謂青蛉。』見《齊俗訓》。蟌音矛。《類篇·虫部》失載。」陳準曰：「稿本無『載』上九字。」
［八六］　方校：「案：『濛』當从《類篇》作『醯』。醯，謨蓬切。」
［八七］　李校：「囱，《説文》：『在屋曰囱。』應入楚江切。讀若麤叢切。《廣韻》所云竈突。與『窻』字異解，不當類列混之。」
［八八］　明州本、毛鈔注「助」字作「助」。錢校同。姚校：「宋本『助』作『助』，从且。」
［八九］　《山海經》見《大荒南經》，「豵」字作「從」。方校：「案：卷十五《大荒南經》止作『從』。郭注：『音驄馬之驄。』」
［九〇］　毛鈔注「䴏」字从「具」。段校：「『䴏』當作『䴏』。」陳校同。方校：「案：《廣雅·釋鳥》與此同，注引許書，『䴏』當作『䴏』。」
［九一］　明州本、毛鈔、錢鈔注「鬣」字作「鬣」。馬校、朱校、錢校同。姚校：「宋本『鬣』作『鬣』，从巤。」
［九二］　陳校：「《廣韻》同『騣』，云：馬鬣。」
［九三］　明州本、錢鈔注「蟒」字作「熢」。錢校同。姚校：「宋本作『熢』，从火。」按：《類篇》亦作「熢」。
［九四］　明州本注「㚇」字作「㚇」。朱校同。誤。潭州本作「㚇」。

［九五］　明州本「輚」字作「輚」。龐校、朱校、錢校同。姚校：「宋本作『輚』。」按：潭州本作「輚」。
［九六］　方校：「案：《説文》『種』作『穜』。」
［九七］　方校：「案：『著』，二徐本同。字當作『箸』，『箸』下《廣韻》、《韻會》有『沙』字，段氏據增。」馬校：「『著』下有『沙』字，宋亦誤。《廣韻》有『沙』。《集韻·三十八箇》『艐』下『船箸沙不行也』，亦有『沙』字。」
［九八］　明州本、毛鈔注「艐」字作「艐」。汪校、方校、龐校、朱校同。姚校：「宋本『艐』作『艐』，从舟。韓校同。」
［九九］　明州本、毛鈔、錢鈔注「蝥」字作「蝥」。龐校、朱校、錢校同。姚校：「宋本作『蝥』，从刀。」按：「蛁」疑「蚼」字之誤。蝥蚼，蟲名，蟬之一種。《玉篇·虫部》：「蝥，蝥蚼，似蟬而小。」入聲《屑韻》一結切「蝥」字注云：「蝥，蝥蚼，蟲名。如蟬，不舍晝夜。」蚼誤爲蚼。又音祖叢切，不知所從來，俟考。
［一〇〇］　明州本、潭州本、毛鈔、錢鈔注「摵」字作「摵」。陳校：「《類篇》作『摵』，是。」姚校：「宋本『摵』作『摵』，是。影宋本、韓校皆同。」
［一〇一］　方校：「案：《類篇》『睬』作『視』，音義竝同。」按：明州本、毛鈔、錢鈔正作「視」。龐校同。
［一〇二］　方校：「案：『鉏』譌『錐』，據《類篇》正。」
［一〇三］　方校：「案：『蕀棘棧棧』見《漢書·息夫躬傳》，字亦不俗。」
［一〇四］　明州本、潭州本、毛鈔、錢鈔「十」字上不空格。龐校同。曹本上有「一」字。姚校：「宋本、韓校均無『一』字。」
［一〇五］　衛校：「《禮記》本作『從從』。」丁校同。方校：「《案：禮記·檀弓》止作『從』。」
［一〇六］　按：《廣韻·東韻》徂紅切未收此字。《方言》第五：「炊箕謂之縮，或謂之區。」郭注：「漉米奠也。音旋。」《廣雅·釋器》：「區，奠也。」曹音泉，正音旋，與郭音合。即本書《僊韻》旬宣切所收「區」字之音也。此字从「台」得聲。音徂聰切者，疑誤以此字从「公」得聲。
［一〇七］　明州本「坑」字作「坹」。姚校：「宋本作『坹』。」錢校同。
［一〇八］　方校：「案：『虹字籀文大徐作『[illegible]』，段校改『蝐』，此作『蝪』，非。」龐校：「鴻文案：『虹』籀文从申，形似『蝪』，作

『蝎』謬。」姚校：「鈕云：『蝎』係『蜎』之誤。」

［一〇九］明州本、潭州本、毛鈔、錢鈔注『蚉』字作『蝱』。顧校、龐校同。方校：「案：『蝱』譌『蚉』，據《説文》及《漢書・天文志》正，宋本不誤。」姚校：「注『蚉』宋本作『蝱』，是。余校同。」錢校同。

［一一〇］明州本、潭州本、毛鈔、錢鈔「炡」字作「烘」，注同。顧校、陸校、韓校、馬校、方校、龐校、朱校、姚校同。陳校：「《廣韻》作『烘』，《説文》亦作『烘』。」

［一一一］明州本、毛鈔、錢鈔注「卬」字作「印」。段校、陸校同。姚校：「宋本『卬』作『印』，是。影宋本、韓校皆同。」

［一一二］明州本、潭州本、毛鈔、錢鈔「烍」字作「焥」。方校、龐校、朱校、錢校同。姚校：「宋本作『焥』，从光。余校同。」

［一一三］按：下胡公切「吀」字注云：「大聲。」《玉篇・口部》：「吀，火紅切，呵也。」疑此注「人」字爲「大」字之誤。《類篇・口部》作「人聲」，亦誤。

［一一四］方校：「『稾』下譌从木，據《廣雅・釋艸》正。」按：明州本、毛鈔、錢鈔正作「稾」。朱校、錢校同。姚校：「宋本『稾』作『稾』，从禾，是。」

［一一五］曹本作「袂」，顧氏重修本改「袂」。明州本、毛鈔、錢鈔注作「袂」。段校、顧校同。馬校：「局誤『袂』。」

［一一六］方校：「案：《廣韻》『鴕』作『鴔』。」

［一一七］明州本、錢鈔注「蛻」字作「蜕」。龐校、錢校同。姚校：「宋本『蛻』作『蜕』。」朱校：「『蛻』誤『蜕』。」按：潭州本作「蛻」。

［一一八］明州本、錢鈔注「鬣」字作「鬣」。龐校、朱校、錢校同。

［一一九］余校注「吼」字作「吺」。

［一二〇］按：本小韻上文有「嗡，嗡吼，牛聲」。此又出「嗡」字，訓「蟲聲」。一小韻不當重出兩「嗡」字。陳校：「兩『嗡』字當併。」是。

［一二一］方校：「案：『禮』字衍，據《説文》、《類篇》删。」

［一二二］明州本、潭州本、毛鈔、錢鈔注「煮」字作「煑」。方校、龐校、朱校同。

［一二三］段校「寷」字圈去「宀」。顧校：「廣圻按：此『豐』字當是段改。」陸校亦改。

［一二四］余校注「如」上增「狀」字。按：明州本、潭州本俱無「狀」字。

［一二五］余校注「大」字作「水」。按：明州本、潭州本作「大」。

［一二六］《廣韻》同。《玉篇》在《虫部》，云：「蝂，房中切，蟲窟也。」

［一二七］方校：「案：《廣韻》作『鄸』，云：『在魯郡。』」按：鄸爲曹邑，不當云在魯郡。《廣韻》誤。辯見前謨蓬切「鄸」字校語。

［一二八］方校：「案：此係新坿字。」李校：「韋昭《國語注》云古通用『崇』字，漢武雖置嵩高以承中岳，而《地理志》、《郊祀志》均作『崈高』。『崈』，古『崇』字。故許氏亦不收入。今本《山部》有『嵩』字，係新坿字，此引《説文》云云，恐誤會《説文》如是，故特爲標出。」

［一二九］陳校：「《説文新坿》『嵩』下云：『或从松。』不當分『嵩』、『崧』爲二。」

［一三〇］明州本、毛鈔、錢鈔「㬱」字作「㬱」。龐校、朱校、錢校同。

［一三一］方校：「案：『椎』譌『樵』，據《廣雅・釋器下》正。」按：明州本、毛鈔、錢鈔正作「椎」。姚校：「宋本『樵』作『椎』，是。段云：『樵當作椎。』」衛校、陳校、陸校、龐校、朱校、錢校同。

［一三二］方校：「案：《釋艸》『管』作『貫』。」李校：「案：《證類本草》引吳普説，《太平御覽》引孫炎注，陸氏釋文並作『貫』，無作『管』者，疑譌。」

［一三三］明州本、潭州本、毛鈔、錢鈔注「圓」字作「負」。方校、龐校、朱校同。姚校：「宋本『圓』作『負』。」韓校同。」

［一三四］李校：「『戜』是本字，『戎』隸變，古『甲』作『十』，後譌『ナ』耳。」

［一三五］明州本、潭州本、毛鈔、錢鈔注句下有「也」字。龐校、朱校同。方校：「案：宋本及《類篇》句下有『也』字，今據補。」姚校：「宋本『尺』下有『也』字。」韓校同。」

［一三六］方校：「案：《釋言》止作『戎』。」按：釋文：「戎，如字。本或作『搣』。」

［一三七］明州本、潭州本、毛鈔、錢鈔注「苛」字作「笴」。韓校、龐校、朱校、姚校同。方校：「案：『笴』譌『苛』。據宋本及《類篇》正。」

［一三八］陳校：「『龙茸』，《詩》作『蒙戎』。」李校：「『龙茸』本《左氏傳》，互通。」按：《左傳・僖公五年》：「狐裘龙茸，一國三公，吾誰適從。」杜注：「龙茸，亂貌。」釋文：「茸，如容反，又音戎。」

［一三九］方校：「案：『襛』，《說文》作『襛』，無作『襛』者，今正。」陳校：「《說文》作『襛』，不从農。」李校：「《詩》『何彼襛矣』，《說文》从衣。今从禾，誤。《韓詩》作『茙』，此云或作『襛』，當涉衣字偏旁而誤。」

［一四〇］李校：「《玉篇・毳部》字與『氄』同，即『氄』之古文，作『氄』當是『㲝』字傳寫之誤。」

［一四一］方校：「案：『宻』譌『宻』，據宋本及《書大傳》、《漢書・郊祀志》正。」按：明州本、潭州本、毛鈔、錢鈔作「宻」。陳校、陸校、韓校、龐校、朱校、姚校同。按：《漢書・地理志》亦作「宻」。卷子本《玉篇・山部》：「宻，《說文》崇字，『山』或在『宗』字下也。」

［一四二］按：《禮》見《禮記・檀弓上》，「母」字當作「毋」。李校：「釋文音揔，又音仕江切，無崇音，唯賈氏《羣經音辨》音崇。鄭注亦不言讀當何音。此云鄭康成讀，殊不足據。」按：《檀弓上》釋文：「從，音揔，一音崇。」蓋即此音，李校疑未當。

［一四三］方校據《說文》改「中」、「㕜」、「𠁧」爲「中」、「㕜」、「𠁧」。按：明州本正作「中」、「㕜」、「𠁧」。姚校：「宋本『中』作『中』，『𠁧』作『𠁧』，是。余校『中』作『中』。」錢校同。

［一四四］方校改「褺」中「執」字爲「埶」。按：明州本、毛鈔、錢鈔「褺」字作「褻」，中从埶。龐校、朱校、姚校、錢校同。

［一四五］明州本、錢鈔注無「名」字。朱校：「『名』字宋本脱。」

［一四六］明州本、潭州本、毛鈔、錢鈔注「總」字作「揔」。段校、顧校、龐校、朱校、錢校同。

［一四七］明州本、潭州本、毛鈔、錢鈔注「雅」字作「稚」。方校、龐校、朱校、錢校同。《類篇》亦作「稚」。

［一四八］方校：「案：《老子》『盅』止作『沖』，釋文『道沖』下亦不載異文，當據此補之。」

［一四九］陳校：「《說文》『隆』从降。」

［一五〇］方校：「案：《說文》『癃』作『癃』。」

［一五一］方校：「案：『豐』譌『豊』，據《類篇》正。」按：明州本正作「豐」。龐校、朱校、錢校同。

［一五二］方校：「案：《廣韻》以『鼕』爲『鼜』之俗體，《玉篇・鼓部》亦有『鼜』無『鼕』。」

［一五三］余校「音」作「聲」。錢校同。

［一五四］方校：「案：《說文》『氣』作『气』，後放此。」

［一五五］毛鈔注「不」字作「文」。顧校、陸校同。姚校：「影宋本『不』作『文』，非。」

［一五六］方校：「案：『彤』《類篇》作『彤』，入《彡部》，宋本从隸省作『彤』，亦通。」按：明州本、毛鈔「彤」字作「彤」，陳校：「『彤』與《侵韻》癡林切作『彤』同。」

［一五七］方校：「案：『商人』譌『商又』，據《尚書》及《爾雅・釋天》正。」按：明州本、錢鈔注「商」字作「商」。朱校、錢校同。姚校：「宋本作商，是。」余校同。」

［一五八］明州本、毛鈔、錢鈔「弦」字作「弦」。朱校同。方校：「案：宋本『弦』作『弦』，非。」姚校：「宋本『弦』俱作『弦』。」韓校同。」

［一五九］明州本、毛鈔、錢鈔注「刑」字作「形」。余校、龐校、朱校、錢校、姚校同。方校：「案：『形』譌『刑』，據宋本及《說文》正。」

［一六〇］明州本、錢鈔注「古」字作「占」。余校同。朱校：「宋誤作『占』。」按：潭州本作「古」。

［一六一］明州本注「穴」字作「穴」。

［一六二］余校：「按：即樂涫縣，此誤。」丁校：「《漢書・地理志》、《後漢・郡國志》酒泉郡有樂涫縣，此誤爲『涫』，沿《玉篇》、《廣韻》之誤。」方校同。錢校：「按：《地理志》酒泉郡有樂涫縣，師古音官，不作『涫』也。然《廣韻》亦作

『涫』。」

［一六三］《廣韻·東韻》亦收此字。按：王念孫《廣雅疏證》以爲「焪」當訓乾，以乾下脱去「也」字，遂與曝合爲一條。《集韻》蓋據誤本《廣雅》。先祖父以爲曹音穹，爲去聲，此字誤衍。

［一六四］明州、毛鈔、錢鈔本「硿」作「硿」，注作「硿」。韓校、龐校、姚校、朱校、錢校同。方校：「案：宋本『硿』作『䃔』，誤。《類篇·石部》無『䃔』字。」

［一六五］明州本、錢鈔「銅」字作「銅」。毛鈔「銅」内「躬」白塗。方校：「案：宋本同。《類篇》作『銅銅』，王氏《廣雅疏證》據《玉篇》作『銅銅』。」按：《博雅》見《釋訓》，曹音邱弓反，王氏以各本作「銅」不成字體，據《玉篇》訂正爲「銅」。

［一六六］方校：「案：『鞃』譌『鞠』，據《説文》及《類篇》正。」明州本「鞠」字正作「鞠」，「鞠」即「鞃」之或體。姚校：「宋本『鞠』作『鞠』。余校同。」錢校同。錢鈔作「鞠」。衛校：「『鞠』，缺筆。」

［一六七］注「中」字，余校作「也」。方校：「案：『也』譌『中』，據《説文》及《類篇》正。」衛校、朱校、錢校同。

［一六八］方校：「案：《説文》作『窖』，當以『窖』爲正。汪氏云。」按：方引汪氏指汪遠孫。

［一六九］衛校：「《左傳》作『窮』。」方校：「案：《説文》『竆』入《邑部》，《左·襄四年傳》作『窮』，乃假借字也。」

［一七〇］明州本、潭州本、毛鈔、錢鈔注「蚩」字作「蚩」。汪校、陸校、龐校、姚校、朱校、錢校同。方校：「案：『蚩』當从宋本作『蚩』。」

［一七一］方校：「案：『戆』當从《類篇》作『戇』。」馬校：「局作『戇』，不成字。」按：明州本正作「戇」，毛鈔、錢鈔同。龐校、朱校同。又按：明州本注脱「公」字，朱校：「宋本脱『公』字。」潭州本不脱。

二冬

［一］明州本、毛鈔、錢鈔「⿱日大」作「⿱日大」、「⿱日冬」作「⿱日冬」。段校、陸校、龐校、朱校同。方校：「案：『⿱日大』譌『⿱日大』，據《説文》正。『⿱日冬』當从宋本及注文作『⿱日冬』。」姚校：「宋本作『⿱日大』、『⿱日冬』，是。影宋本、韓校皆同。」

［二］明州本、錢鈔「笗」下有注文「竹名」，下另有字頭「苳」字。陳校、丁校、龐校、朱校、錢校同。方校：「案：《廣韻》：『笗，竹名。』宋本同。此當據補。又當从《類篇》補『苳』字於『《説文》：艸也』之上，以足文九之數。」馬校：「局刻『笗』下奪『竹名』二字。『《説文》：艸也』上奪大『苳』字，則與文九之數不合。」姚校：「宋本『笗』下注『竹名』，另出正文『苳』。余校同。吕云：『《廣韻》：笗，竹名。苳，艸名。今並注於笗下，誤。』按：上文『冬』注文九，今止八，蓋脱遺『笗』下小注，又遺『苳』字正文。」

［三］方校：「案：《廣韻》『䳉』下別出『䖙』字云：『赤蟲。』此本《説文》。」

［四］《廣韻》注「盛」字作「威」，疑誤。當據此正。

［五］方校：「案：『爞』譌『⿰火䖵』，『薰』譌『董』，據《爾雅·釋訓》正。」按：明州本、毛鈔、錢鈔正作「爞」。段校、丁校、陸校、朱校、錢校同。姚校：「宋本『⿰火䖵』作『爞』。影宋本、韓校同。」又明州本、潭州本「董」字作「薰」。毛鈔、錢鈔同。段校、陸校、朱校、錢校同。姚校：「宋本『董』作『薰』。影宋本同。」

［六］明州本、毛鈔、錢鈔注「熱」字作「熱」。龐校、朱校、錢校同。姚校：「宋本『熱』作『熱』。」

［七］明州本、毛鈔、錢鈔注「炙」作「炙」。朱校同。

［八］明州本、潭州本、毛鈔、錢鈔注「也」字作「名」。姚校：「『也』字作『名』，是。影宋本、韓校皆同。」陸校、龐校、朱校同。

[九]　陳校：「『疼』《廣韻》作『疼』。」方校：「案：『疼』《廣韻》作『疼』，非。《類篇》此字失收，據字義當入《广部》。」
[一〇]　陳校：「『𣪘』《廣韻》作『𢿟』，从支。」李校：「《説文》作『𣪘』，从殳，宫聲。《廣韻》作『𢿟』从攴，亦誤。」
[一一]　毛鈔注「相」字作「相」。馬校：「『相』，宋誤，局作『相』。」
[一二]　方校：「案：《説文》作『[illegible]』，从黽，𠔦聲。『𠔦』，古文『終』。隸當作『[illegible]』。注『黽』作『[illegible]』，亦誤。」
[一三]　段校：「《山海經》『梁』作『渠』。」衛校、陸校、丁校、姚校同。方校：「案：『渠』譌『梁』，據卷二《山海經》正。」
[一四]　陸校：「『己』字作『已』。」
[一五]　明州本、毛鈔、錢鈔「佟」作「佟」。丁校、方校、龐校、朱校同。姚校：「宋本『佟』作『佟』，是。余校、韓校皆同。呂云：『《廣韻》作佟。』」
[一六]　按：此字从「隆」得聲，《廣韻》音力冬切，又本書《東韻》良中切有「礲」字，注云：「石落聲。」依《集韻》歸字體例，此小韻在泥紐之前，疑當是來紐字，「虛」字爲「盧」字之誤。
[一七]　按：此組字《篇》、《韻》多歸來紐，如《玉篇・鼓部》：「鼜，力弓切，鼓聲。」又《金部》：「鑿，又力宗切，鼓聲。」又《磬部》：「磬，力冬切，聲也。」「鑿，同上。」《廣韻・冬韻》力冬切：「礲」有音無義。「鑿，鼓聲。」「磬，聲也。」此組字當歸來紐，亦足證上字聲紐「虛」爲「盧」之誤字。
[一八]　《説文》見《晨部》，字作「農」。「辳」，籀文農从林。「莀」，亦古文農。方校：「案：《説文》『農』作『農』。又：『𨑃』，古文『農』。此重文『𦦑』當即『𨑃』字之譌。」按：明州本「莀」、「農」、「𦦑」作「莀」、「農」、「𦦑」。龐校：「宋本『農』並从『辰』。」姚校：「宋本作『𦦑』，下从『田』。段云：『𦦑當作𦦑。』」
[一九]　方校：「案：《廣雅・釋訓》：『震震，露也。』無『多』字。」
[二〇]　方校：「案：見《説文・血部》，此下从皿，非是。」
[二一]　明州本「𩞬」字作「𩞬」。顧校同。姚校：「宋本作『𩞬』，韓校同。」
[二二]　明州本、毛鈔、錢鈔「㚇」字作「㚇」。潭州本作「㚇」。方校：「案：『㚇』譌『㚇』。」姚校：「宋本作『㚇』，余校作『㚇』。」錢校作「㚇」。
[二三]　明州本、潭州本、毛鈔、錢鈔注「猴」字作「猴」。陸校、方校、龐校、朱校、錢校同。馬校：「『猴』局作『猴』，不成字。」姚校：「宋本作『猴』。影宋本、余校、韓校同。」
[二四]　方校：「案：《類篇》作『目怒』。」按：《玉篇・目部》「瞗」字作「怒目」。
[二五]　明州本、錢鈔注「杼」字作「杼」。龐校、朱校、錢校同。姚校：「宋本『杼』作『柕』，从矛。」
[二六]　方校：「案：『賦』譌『賦』，據《説文》正。」明州本、錢鈔注「賦」字正作「賦」。衛校、陸校、丁校、馬校、龐校、朱校、錢校同。姚校：「宋本『賦』作『賦』，是。段云：『賦』當作『賦』，宋本亦誤。」按：段所謂宋本即周漪塘藏汲古影鈔也，非宋槧本。
[二七]　明州本、毛鈔、錢鈔注「欠」字作「大」。汪校、衛校、陸校、丁校、馬校、龐校、朱校、錢校同。姚校：「宋本『欠』作『大』，是。影宋本、余校、韓校皆同。」
[二八]　明州本、毛鈔、錢鈔注「毘」字作「毘」。馬校：「局作『毘』，非。」
[二九]　按：卷子本《玉篇・石部》：「礲，力冬反。《字書》：『礲硿，石聲也。』」「硿，口冬反。《字書》：『礲硿也。』」本書《東韻》良中切：「礲，硿礲，石落聲。」下文酷攻切「硿」字注亦有「聲」字。有「聲」字義更明晰，此似當補「聲」字。
[三〇]　方校：「案：《類篇》、《韻會》『古』竝作『沽』。」按：明州本、毛鈔、錢鈔注「古」字正作「沽」。龐校、朱校、錢校同。姚校：「宋本作『沽』，是。」按：「古」、「沽」聲類同。
[三一]　此注「一」字，朱校：「宋本脱。」

三鍾

［一］明州本、毛鈔、錢鈔注「可」字作「任」。龐校、朱校同。方校：「吴崧甫侍郎云：『可』，影宋本作『任』。」按：《御覽》九百六十三引郭義恭《廣志》：「種龍竹任作笛。」

［二］陳校：「《廣韻》作『舡』。」

［三］《玉篇》、《類篇》未收此字。《廣韻》收此字訓「熱化也」。按：「暍仆」即受暑而仆。

［四］董校：「『鐘』字此作諸容切。下十九葉以『鐘』字居部首，作癡凶切，同。一韻中同一義而作兩音，何耶？」

［五］潭州本注「往」字作「徃」。明州本、毛鈔、錢鈔作「往」。朱校同。

［六］明州本、毛鈔、錢鈔注作「衳」，从衣。龐校、朱校同。

［七］明州本、毛鈔、錢鈔「鍾」字作「鍾」，從缶。龐校、汪校同。姚校：「宋本作『鍾』，从缶。」

［八］陳校：「『鍈』當作『鍈』，从臾，从䍃省。又見上聲《噳韻》勇主切，同『斞』。」

［九］明州本、潭州本、毛鈔注「穀」字作「縠」。段校：「『穀』宜作『縠』。」陸校同。

［一〇］方校：「案：《廣雅·釋詁三》『倸』作『倸』，今據正。」

［一一］明州本、毛鈔、錢鈔「春」上有「引」字。汪校、方校、龐校、朱校同。姚校：「宋本『春』上有『引』字。韓校同。」

［一二］姚校：「吕云：『注衝宜从童。』」方校據《説文》正。《類篇》不誤。

［一三］明州本、潭州本、毛鈔、錢鈔注『孞』字作『突』。汪校、韓校、馬校、龐校、朱校同。按：作「孞」，不成字。

［一四］方校：「案：《廣雅·釋詁一》作『動』。」

［一五］方校：「案：《類篇》、《韻會》引同。今本未見。見《一切經音義》三引《蒼頡》，王本亦失補。」按：玄應《一切經音義》卷三：「穜，充容反。《廣蒼》：『穜，短矛也。』」慧琳《一切經音義》卷十同。方氏誤作《蒼頡》。

［一六］明州本、毛鈔、錢鈔「樅」字作「樅」。陸校、丁校、方校、龐校、朱校同。姚校：「宋本作『樅』，从木。韓校同。」

［一七］按：《東韻》而融切收此字訓「竹名，頭有文」。上聲《腫韻》訓「竹頭有文」。《廣韻·鍾韻》而容切同。《玉篇·竹部》：「筸，如鍾切，竹也，頭有文。」字或从艸。《文選·張平子〈南都賦〉》：「阿那蓊茸。」李注引《埤蒼》曰：「茸，竹頭有文也。」《齊民要術》卷十引《字林》：「茸，竹頭有文。」此注疑有脱文。

［一八］明州本、潭州本、毛鈔、錢鈔注「稍」字作「稍」。顧校、陸校、龐校、朱校、錢校同。按：「稍」即「稍」字。方校：「案：『稍』譌『稍』，據宋本及《類篇》正。《廣韻》作『梢』，亦非。」姚校：「宋本『稍』作『稍』。韓云：『稍爲麥莖，此《腫韻》之稓，注作禾稓，則禾稍是，宋本作稍，或誤。』」

［一九］方校：「《説文》『髶』从茸省，當以『髶』爲正，《類篇》亦先『髶』後『髶』。」

［二〇］方校：「案：『氄』譌『氄』，據《廣雅·釋器下》及《類篇》正。」按：明州本、毛鈔、錢鈔正作「氄」。余校、陳校、龐校、朱校、錢校同。姚校：「宋本『氄』作『氄』，从卤。」

［二一］明州本、錢鈔「凇」作「淞」。朱校：「『凇』宋本誤『淞』。」

［二二］明州本、潭州本、毛鈔、錢鈔注「髸」字作「髳」。韓校、陸校、龐校、姚校、朱校同。方校：「案：宋本『髸』譌『髳』。《類篇·髟部》無『髳』字。」段校：「按：下文『髸，渠容切，髸鬆，髮亂』。宋本此注作『髳』，曹本作『髸』，恐曹所據不同。」方校又曰：「『鬆』當从正文作『鬆』。」

［二三］明州本、毛鈔、錢鈔注「倸」字作「倸」。按：上文書容切「倯」字注引《博雅》字正作「倸」，下文渠容切字亦作「倸」。與《方言》第七合。

［二四］明州本、錢鈔注「柏」字作「柏」。朱校：「『柏』宋本誤『柏』。」按：潭州本作「柏」。

［二五］陳校：「《廣韻》从日。」李校：「『瞛』當從《廣韻》作『瞛』，張協《七命》『怒目電瞛』，即此字也。」

［二六］明州本、毛鈔、錢鈔注「髩」作「髩」。衛校、丁校、龐校、朱校、姚校同。方校：「案：宋本『髩』作『髩』，《類篇》同。據

字當作『鬅』，『鬆』當從宋本及正文作『鬆』。」陳準曰：「稿本奪『據』字。」

[二七]　明州本、毛鈔、錢鈔注「蝑」字作「蠀」。韓校、龐校、朱校、姚校同。方校：「案：《類篇》同。宋本『蝑』作『蠀』，誤。」

[二八]　明州本、毛鈔、錢鈔注兩「絨」字均作「絨」。陸校、龐校、朱校同。方校：「案：『絨』譌从戊，據宋本及毛本、段本《説文》、祁本《繫傳》正。阮芸臺相國《經籍籑詁》引作『絨』，乃鈔胥之誤耳。」

[二九]　方校：「案：大徐本及《類篇》『跡』竝作『迹』，此从小徐。」

[三〇]　按：《廣韻》「出」字作「行」。

[三一]　本韻七恭切「蹤」下作「小鼠」。按：《爾雅・釋獸》：「鼩鼠。」郭注：「小鼱鼠也。亦名『蹤鼩』。」

[三二]　陳校：「七恭切《廣韻》有『訟』字，遷也。」按：《僊韻》有「訟」字，蓋从「㕣」，非从「公」也。

[三三]　按：「蹤」字當作「蹤」。參見前七恭切「蹤」字校語。

[三四]　姚校：「呂云：『松紐注文七，今止六，恐遺淞字。宋本「淞」上有「淞，水名，在吳」一條。』」詳下「淞」字校語。

[三五]　明州本、毛鈔、錢鈔「淞」上有「淞」字，注云：「江名，在吳郡。」陳校、方校、龐校、朱校、錢校同。馬校：「此字併注局刻脱，蓋局刻與影宋本非一本也。」

[三六]　明州本、毛鈔、錢鈔注「隸」字作「隸」。朱校同。

[三七]　方校：「案：『𡴭』譌『𡴭』，據《説文》正。」按：明州本、毛鈔、錢鈔「𡴭」字作「𡴭」。陸校、朱校、錢校同。姚校：「宋本作『𡴭』，中不斷，是。影宋本同。」

[三八]　方校：「『牾』譌『牾』，據《説文》正。」按：明州本、毛鈔、錢鈔「牾」字正作「牾」。龐校、朱校、錢校同。姚校：「宋本作『牾』，从午。」

[三九]　方校：「此新修字義十九文之一，段本無。」

[四〇]　明州本、錢鈔「峯」字作「峯」。姚校：「宋本作『峯』。」

[四一]　明州本、毛鈔注「䁯」字作「䁯」。朱校同。是。潭州本作「䁯」，誤从耳。錢鈔作「瞛」，亦誤。

[四二]　明州本、毛鈔、錢鈔注「夆」字作「丰」。方校、丁校同。姚校：「宋本『夆』作『丰』，是。韓校同。」

[四三]　方校：「案：『㞤』、『𡍮』譌『㞤』、『𡍮』，據《説文》《韻會》正。」按：明州本、毛鈔、錢鈔「㞤」、「𡍮」正作「㞤」、「𡍮」，注同。龐校、朱校同。姚校：「宋本『㞤』作『㞤』。韓校同。又『𡍮』宋本作『𡍮』，是。」

[四四]　方校：「案：『之』當作『㞢』。『守』，大徐本同。段校从小徐作『寸』。」姚校：「按：《説文》『㞤』从㞢，从土，則宋本作『㞤』，亦誤。」

[四五]　明州本、錢鈔注「㩧」字作「㩧」。龐校、朱校同。姚校：「宋本『㩧』作『㩧』。」李校：「『犎』下解本《爾雅》。注『㩧』當从牛。釋文作『犦』。按：鄭注《考工記》云：『墳起曰犦。』作『犦』是。『犎』，《玉篇》牛也。此爲犎牛，遂誤『峯』爲『犎』，峯牛本《東觀漢紀》。」

[四六]　陳校：「『横』，《類篇》作『樸』，《玉篇》作『柄』。」方校同。李校：「《類篇》之『樸』當作『栱』，《説文》『槌之横者也』。此古本亦作『樸』，今本更譌爲『横』。」

[四七]　明州本、潭州本、毛鈔、錢鈔注「樋」字作「撞」。方校、朱校同。姚校：「宋本『樋』作『撞』，从扌，是。」

[四八]　方校：「案：『褈』譌从衣，據《玉篇》正。《類篇・衣部》亦誤收。並誤作『縫』。」姚校：「宋本『褈』作『褈』，从示。韓校同。」按：錢校亦同。

[四九]　明州本、毛鈔、錢鈔注「神」下有「名」字。衛校、方校同。姚校：「宋本『神』下有『名』字。韓校同。」

[五〇]　明州本、毛鈔、錢鈔注「嵒」字作「嵒」。陸校、龐校、朱校同。姚校：「宋本『嵒』作『嵒』。韓校同。」方校：「案：卷三《北山經》『嵒』作『單』，宋本及《類篇》作『嵒』，亦非。」

[五一]　余校：「按：《地理志》作『逄池』。」段校、錢校同。

[五二]　明州本注「邐」字作「邐」。毛鈔、錢鈔同。朱校、錢校同。姚校：「宋本作『邐』，『巠』上从丿，是。」

[五三]　明州本、毛鈔、錢鈔注「豘」字作「豘」。韓校、朱校同。姚校：「宋本『豘』作『豘』，从豸。」方校：「案：宋本及《類篇》『豘』並作『豘』，今據正。」

[五四] 按：《廣雅·釋詁四》：「𩅰，巫也。」曹音力恭。《廣韻·鍾韻》力鍾切收此字，訓同。《集韻》收字順序，凡訓「女字」者多次小韻之末。此字列「女字」義之後，又處小韻之末，疑有未當。下文力鐘切據曹憲《博雅音》已收此字，此音癡凶切又不知所出。似可删去。

[五五] 方校：「案：《説文》『種』作『穜』，『熟』作『孰』。」按：明州本、毛鈔、錢鈔注「熟」字作「孰」。龐校、朱校、錢校同。姚校：「宋本作『孰』。」

[五六] 方校：「案：『褈』、『襘』竝譌从示，據《類篇》正。」按：明州本、毛鈔、錢鈔俱从衣。龐校、朱校同。

[五七] 明州本、毛鈔、錢鈔「竜」、「𠨬」、「龟」作「竜」、「𠨬」、「龟」。龐校、朱校、錢校同。姚校：「宋本作『竜』、『𠨬』、『龟』，从臼。」

[五八] 明州本、毛鈔、錢鈔注「力」字作「盧」。韓校、龐校、朱校、姚校同。方校：「宋本『力』作『盧』，『力』、『盧』同來母。」

[五九] 方校：「案：『虹』譌『竹』，據《爾雅·釋魚》正。《説文》『虹』作『丁』。」按：明州本、錢鈔注「竹」字作「杙」。陸校、龐校、朱校、錢校同。姚校：「宋本『竹』作『杙』，是。段云：『竹當爲丁。』《爾雅》『虹』，《説文》作『丁』。」馬校：「『竹』當爲『虹』，宋亦誤。」

[六〇] 按：上癡凶切「蹱」字注云：「蹱蹱，小兒行皃。」此「行」字上疑有脱文。

[六一] 明州本、錢鈔注「郤」字作「都」。余校、衛校、陸校、方校、丁校、龐校、錢校同。馬校：「『郤』即『都』，局誤不成字。案：《漢志》九真郡都龐，應劭音龍。宋本《漢書》作『寵』，是『都龐』一本作『都寵』。《東韻》盧東切作『都寵』。」李校：「洪邁曰：『都龐之稱爲都龍，土俗之稱也。』則宋時俗書只『龍』字而無『寵』字，當改正。」

[六二] 明州本、毛鈔、錢鈔「褣」字作「褣」。馬校：「局誤从礻，其注『襱褣』不誤。」姚校：「宋本作『褣』，从衣，是。韓校同。」朱校同。

[六三] 方校：「案：『庚』上大徐本有『从』字，此从小徐。」

[六四] 明州本、毛鈔、錢鈔「从自」上之「从」字無。龐校、姚校、朱校同。按：《説文》有。

[六五] 方校：「案：『所』下誤空，據《説文》當連書。」馬校：「局於『所』下空一格。」按：明州本、錢鈔注「所」下空白爲「用」字。龐校、朱校、姚校同。

[六六] 方校：「案：二徐本『治』皆作『冶』，今據正。」按：明州本、毛鈔、錢鈔正作「冶」。衛校、龐校、朱校同。

[六七] 明州本、錢鈔注「槝」字作「擣」。龐校、朱校、錢校同。姚校：「宋本『槝』作『擣』，从手。」按：潭州本、《玉篇·木部》、《廣韻》字均作「槝」，从木，明州本誤。

[六八] 方校：「案：卷五《中山經》水出宜蘇山者名庸庸，後文螿山乃滽滽之水，所出水名皆疊字，此誤。」

[六九] 陳校：「『牗』，《類篇》从片，作『牗』。」

[七〇] 方校：「案：《説文》『墉』古作『𩫏』，𦫵爛偏旁也，當以此正之。『鱅』當作『鱅』。」按：明州本、毛鈔、錢鈔「鱅」字正作「鱅」。龐校、朱校同。姚校：「宋本『鱅』作『鱅』，是。韓校同。」

[七一] 陸校「牛𤘍」誤「𤘍牛」。方校：「案：『𤘍』當作『𤘍』。《山海經》四《東山經》：『食水多鳙鳙之魚。其狀如犂牛，其音如𤘍鳴。』此注『如𤘍牛音』當作『如牛𤘍音』。」

[七二] 方校：「案：卷四《東山經》文與此同。《類篇》『㣶』作『䗜』，『蛇』作『虵』。」

[七三] 明州本、錢鈔注「慫」字作「慫」。朱校、錢校同。姚校：「宋本『慫』作『慫』。」按：潭州本作「慫」，明州本誤。

[七四] 明州本、毛鈔、錢鈔注「蛙」字作「畦」。汪校同。當是。

[七五] 明州本、毛鈔、錢鈔注「珙」字作「拱」。龐校、朱校同。李校：「今《春秋傳》作『拱』。」姚校：「宋本作『拱』。韓校同。」按：《春秋傳》見《左傳·襄公二十八年》，釋文：「拱，居勇反，徐音恭。」

[七六] 明州本、毛鈔、錢鈔注「許」作「虛」。馬校、韓校、朱校、姚校同。方校：「宋本及《類篇》、《韻會》『許』作『虛』，同曉母。」

[七七] 方校：「案：『恟』譌『洶』，據《類篇》及本文正。」按：明州本、毛鈔、錢鈔注「洶」字正作「恟」。

[七八] 陳校：「『骰』，《方言》作『殻』。」方校同。

［七九］明州本、毛鈔、錢鈔注「成」字作「城」。顧校、陸校、韓校、龐校、朱校、姚校同。馬校：「『城』，宋誤，局作『成』。」方校：「宋本及二徐本『成』作『城』，誤。段氏據此及《廣韻》、《韻會》正。」

［八〇］方校：「案：『池』下舊有『者』字，《類篇》不奪。」

［八一］明州本、錢鈔注「㟁」字作「邕」。朱校：「宋本誤『邕』。」

［八二］方校：「案：『曰』上奪『一』字，據《類篇》補。」按：明州本、毛鈔、錢鈔注「曰」上正有「一」字。段校、顧校、陸校、韓校、馬校、丁校、龐校、朱校同。姚校：「宋本『曰』上有『一』字，是。」

［八三］明州本、毛鈔、錢鈔注「猿」字作「猨」。龐校、朱校同。姚校：「宋本作『猨』。韓校同。」

［八四］明州本、毛鈔、錢鈔注「熟」字作「孰」。龐校、朱校、錢校同。姚校：「宋本『熟』作『孰』。」

［八五］明州本、毛鈔、錢鈔注下「灉」字作「雝」。龐校、朱校同。按：今本《爾雅》作「灉」。

［八六］明州本、毛鈔、錢鈔注「𦙶」字作「靹」。龐校、朱校同。姚校：「宋本『𦙶』作『靹』，从革。韓校同。」

［八七］方校：「案：『字』譌『皃』。據《類篇》正。」

［八八］明州本、潭州本、毛鈔、錢鈔注「鱅鱅」作「鰅鱅」。陸校、馬校、朱校同。方校：「案：注語雖見《山海經》四《東山經》，然與『鰅』字何涉？當據宋本及《類篇》、《楚辭·大招》補注作『鰅鱅』。」

［八九］方校：「案：『蛩』當作『蛩』。」

［九〇］方校：「案：注兩『邛』字竝當作『卭』。」

［九一］汪校：「从工。」龐校：「下並同。」按：「邛」字从邑，工聲，汪校是。

［九二］方校：「案：二徐本『地名』作『邛地』，『濟陰』下有『縣』字，當以此正之。」

［九三］方校：「案：『楕』譌从木，據宋本及《廣韻》、《類篇》、《韻會》正。」按：曹本作「楕」，顧氏重修本已正。

［九四］明州本、錢鈔注「椶」字作「梭」。錢校同。朱校：「宋本作『梭』。案：《説文》當作『欋』。」姚校：「宋本『椶』作『梭』，余校作『欋』。」

［九五］明州本、毛鈔「棌」作「棌」，从禾。馬校、方校、朱校同。姚校：「宋本正文『棌』作『棌』，从禾；注作『䅟』。」

［九六］明州本注「柩」字作「柩」。龐校：「此誤。」

［九七］方校：「案：『鬨』譌『鬨』，『鬲』譌『鬲』，據《説文》正。」龐校：「中从同。」

［九八］方校：「案：『枝』當從《玉篇》、《類篇》作『支』。」按：《説文》作「枝」，似可不改。

［九九］明州本、毛鈔、錢鈔「犛」作「犛」。馬校、龐校、朱校、錢校同。方校：「案：『犛』譌『犛』，據宋本及《類篇》正。」姚校：「宋本『犛』作『犛』。」余校：「犛字《説文》、《玉篇》並莫交切。」

［一〇〇］明州本、潭州本、毛鈔、錢鈔「氂」字作「氂」。陸校、馬校、龐校、朱校、錢校同。方校：「案：『氂』譌『氂』，據宋本及《前漢書·王莽傳》注正。《類篇》『氂』下不收鳴龍切一音，亦不訓『彊曲毛』，《説文》訓『彊曲毛』者，『犛』字也。『氂』、『犛』俱从犛省。」姚校：「宋本『氂』作『氂』。韓校同。余校作『氂』。鈕云：『據此字在犛紐下，《説文》犛，彊曲毛，不當音鳴龍切。』」

四江

［一］明州本、毛鈔、錢鈔注「腹」字作「腸」。陸校、馬校、龐校、朱校同。方校：「案：『腸』譌『腹』，據宋本及《類篇》正。」姚校：「宋本作『腸』，是。韓校同。」按：潭州本作「腸」。

［二］余校：「『瘸』作『病』。」錢校同。

［三］明州本、潭州本、毛鈔、錢鈔「肯」字作「肯」，注「冃山」字作「冃屮」。余校、龐校、朱校、錢校、姚校同。方校：「案：『肯』譌『肯』，『屮』譌『山』，據宋本及《説文》正。」

［四］按：「䑼」字當作「䑼」。「䑼舡」見《廣雅·釋水》。下文虛江切「舡」字注引《廣雅》作「䑼」，不誤。

［五］明州本、潭州本、毛鈔、錢鈔「痝」字作「痝」。韓校、朱校、姚校同。方校：「案：『痝』譌『痝』，據宋本及《類篇》正。注文不誤。」

［六］方校：「案：《廣雅·釋詁二》『䑫』作『舽』。」

［七］明州本、錢鈔注「舽」字作「䑫」。朱校同。按：《博雅》見《釋水》，字作「䑫」，曹音扶江，明州本誤。

［八］毛鈔「韸」字作「韸」，錢鈔作「韸」。陳校：「『韸』或作『韼』，从音。」

［九］明州本、錢鈔注「輽」字作「降」。朱校：「宋本『輽』誤『降』。」

［一〇］明州本、毛鈔、錢鈔注「也」字作「皃」。汪校、方校、龐校、朱校同。姚校：「宋本『也』作『皃』。韓校同。」

［一一］毛鈔、錢鈔注「竝」作「並」。馬校：「『並』，宋本皆如此，局作『竝』，『竝』古『並』字也。全書倣此。」

［一二］明州本、毛鈔、錢鈔「夅」字作「夆」。韓校：「『夅』作『夆』，从丰。」朱校：「按：此誤。」龐校：「注仍作『夅』。」

［一三］明州本、潭州本、錢鈔注「帳」字作「張」。龐校、朱校、姚校、錢校同。方校：「案：『張』譌『帳』，據宋本及《廣韻》正。」

馬校：「下『樓』字注作『張』不誤。」

［一四］方校：案：「『瓨』譌『瓶』，據《説文》、《類篇》正。」按：明州本、錢鈔注「瓶」字正作「瓨」。龐校、朱校、姚校、錢校同。

陳校：「《廣韻》作『㼚』。」

［一五］明州本、潭州本、錢鈔「䣆」字作「鄳」。顧校、朱校同。姚校：「宋本『䣆』作『鄳』，从卩。影宋本作『䣆』，从印。」按：明州本實从「邛」，毛鈔作「䣆」，从「卬」不从「印」，姚校誤。方校：「案：《類篇》『䣆』作『䢽』，今據正。『䣆』，《類篇》同，宋本作『鄳』，似誤。」

［一六］李校：「『伏』下脱『人』字。」按：《廣韻》有「人」字，此李氏所本。

［一七］方校：「案：『膖』，《類篇》同，據字當从正文作『𦡊』。」按：明州本、錢鈔注正作「𦡊」。朱校、錢校同。姚校：「宋本注『膖』作『𦡊』，是。」

［一八］方校：「案：當从《類篇》及正文作『𤛛』。」按：明州本、錢鈔注正作「𤛛」。韓校、龐校、朱校同。姚校：「宋本注作『𤛛』，从牛，是。」

［一九］明州本、毛鈔、錢鈔「邦」、「𨚑」、「峀」作「邦」、「𨚑」、「峀」。顧校、陸校、朱校同。方校：「案：『邦』、『𨚑』譌『邦』、『𨚑』，『峀』譌『峀』，注并譌『峀』，當據宋本及《説文》正。」姚校：「宋本作『邦』、『𨚑』、『峀』，是。韓校同。按：注文亦當照改。」

［二〇］明州本、毛鈔注「裏」字作「裏」。錢鈔作「裏」。陸校、馬校、龐校、朱校同。姚校：「宋本『裏』作『裏』，从里，是。影宋本、韓校皆同。」

［二一］明州本、潭州本、毛鈔、錢鈔並無「龐」下注文「説文高皮江切」六字。余校以爲六字是衍文。陸校、馬校、方校、龐校、朱校、姚校同。

［二二］明州本、毛鈔、錢鈔「䑫」字作「䑫」，按：作「䑫」是，當正。

［二三］陳校：「《廣韻》有『狵』字，同『尨』。《爾雅》：『尨，狗也。』」

［二四］方校：「案：二徐本『皃』竝作『也』，《類篇》《韻會》引與此同。」

［二五］明州本、錢鈔注「䵨」字作「䵨」。朱校同。姚校：「宋本『䵨』作『䵨』。」按：《方言》第十三作「䵨」，郭音莫江反。作「䵨」不成字，明州本誤。

［二六］明州本、毛鈔、錢鈔注「媢」字作「媢」。朱校同。馬校：「局作『媢』，媢、媢正俗字。宋本全書作『眉』。」

［二七］明州本、錢鈔「蘢」字作「蘢」。朱校：「此缺字。」姚校：「宋本作『蘢』，按：『尾』字不成體，且此文在龙紐下，應作『龙』，宋本恐誤。」

［二八］毛鈔注「踈」字作「踈」。馬校：「『踈』，宋誤，局作『踈』。」

［二九］明州本、毛鈔、錢鈔注「𣏌」字作「𣏌」，从木，「木」字作「朩」。龐校、朱校、錢校同。姚校：「宋本『𣏌』作『𣏌』，从木，『木』作『朩』，是。」余校作『朩』，同。」陸校「木」作「朩」。馬校：「『朩』，局誤『木』。」

［三〇］衛校：「『𢓀』，《左傳》作『聳』。」方校：「案：《左·昭十九年傳》『𢓀』作『聳』。又《昭六年傳》『聳之以利』，前漢《刑

法志》『聳』作『㥄』。是古『㥄』與『聳』通用，作平聲讀，蓋本《篇》、《韻》。」

[三一]　明州本、潭州本、毛鈔、錢鈔「㐫」字作「囟」。汪校、龐校、朱校、錢校同。方校：「案：『㐫』譌『囟』，據宋本及《説文》正。」姚校：「宋本中『夕』作『乂』，是。」

[三二]　明州本、錢鈔「椿」字作「椿」。朱校同。朱曰：「下八字同。」按：謂此紐下八字俱从「春」也。此《説文新坿》字，當从「舂」。宋本誤。

[三三]　方校：「案：《類篇》『立』下有『椿』字，今據補。」

[三四]　明州本、毛鈔、錢鈔注「丑」字作「抽」。朱校、姚校同。方校：「案：宋本及《類篇》、《韻會》『丑』作『抽』。『丑』、『抽』同徹母。」

[三五]　方校：「案：『衣』譌『也』，據《廣韻》、《類篇》正。」按：上文株江切訓「短衣」，《廣韻》訓「短蔽衣」。

[三六]　《釋名》見《釋兵》。原本《釋名》無「然」字，畢沅疏證據《後漢書・班超傳》注、《御覽・兵部》七十一及《廣韻》補。按：所補是，《集韻》此文所據本正有「然」字。

[三七]　明州本、毛鈔、錢鈔注「卂」字作「卆」。汪校、顧校、龐校、朱校、姚校同。

[三八]　方校：「案：『尻』譌『尻』。《廣韻》同。據《類篇》及前文『骻』注正。『尻』古『居』字。」按：明州本、毛鈔、錢鈔注正作「尻」。龐校同。姚校：「宋本作『尻』，从九。」

[三九]　明州本、錢鈔「襠」字作「襠」。朱校同。

[四〇]　按：上文株江切、丑江切「襠」字注「衣」上俱有「短」字，疑此脱去，當補。

[四一]　方校：「案：『䮾』譌从黑，據《類篇》正。」按：明州本、毛鈔、錢鈔正作「䮾」。龐校、朱校同。馬校：「局誤『黷』，《類篇》、《廣韻》皆作『䮾』。」姚校：「宋本作『䮾』，从馬。韓校同。」

[四二]　明州本、毛鈔、錢鈔注「明」字作「明」。朱校同。按：《玉篇・目部》、《廣韻》注俱云：「目不明。」作「明」字是。

[四三]　明州本、潭州本、毛鈔、錢鈔注「鬞」作「鬞」。韓校、馬校、龐校、朱校、姚校同。方校：「案：注下『鬞』字當从宋本及

《類篇》作『鬞』。」

[四四]　明州本、毛鈔注「擣」字作「檮」。龐校、朱校、姚校同。按：《説文・手部》：「揖，推擣也。」字作「擣」，从手。明州本誤。詳上聲《腫韻》而隴切「揖」字。

五支

[一]　余校：「『㬠』作『㲹』。」按：諸本並作「㬠」。

[二]　段校：「當从衣作『衹』。」方校：「案：《篇》、《韻》从衣，作『衹』誤。《説文》『緹』或作『衹』，帛丹黄色也。别一義。」

[三]　陳校：「《類篇》又从衣作『衹』，義同。《示》、《衣》兩部並引。『秖』，《禾部》未收。」

[四]　明州本、毛鈔、錢鈔「禔」、「衼」作「褆」、「衼」。馬校：「『禔』、『衼』注亦作『衼』。宋皆誤从衤，局从衤，不誤。」朱校：「宋本誤从衤。」

[五]　李校：「『恒』作『常』，避宋真宗諱。」方校：「案：《周易》作『振恒』，許氏引作『榰恒』，此改『恒』爲『常』，蓋避宋諱。」

[六]　馬校：「『㽺』下疑从卮。宋、局俱从卮，不成字。」方校：「當從《類篇》作『㽺』。」

[七]　方校：「案：『器』上奪『圜』字，據《説文》補。」

[八]　明州本、錢鈔注「觛」作「觛」，「卩」作「卪」。龐校、錢校同。姚校：「宋本『觛』作『觛』，非。『卩』作『卪』，是。」

[九]　李校：「《考工記》鄭注：『觶作觗，字之誤也。』非『觶』之重文。蓋仍《玉篇》之失。」

[一〇]　明州本、潭州本、毛鈔、錢鈔空白處是「觀」字。丁校、韓校、龐校、錢校、姚校同。方校：「案：『鵲』下奪『觀』字，據宋本及《廣韻》補。」

[一一]　陳校：「《廣雅》：『㚉，多也。』是注引以證『㚉』，非以『多』爲本字，『㚉』爲重文也。當互易，删去上『多』字。」

［一二］方校：「案：《廣雅·釋言》『調』作『謂』，曹憲云有本作『只，詞也』。此與《類篇》引同，王氏謂皆未知其審。」

［一三］明州本「蘫」作「藍」。朱校同。姚校：「宋本『蘫』作『藍』，从皿。」

［一四］馬校：「『菹』當爲『葅』，宋亦誤。《類篇》作『葅』。」

［一五］陳校：「『鮔』當作『鮔』，从氏。」又見下翹移切「鮔」字。

［一六］明州本、毛鈔、錢鈔「攲」作「攲」。龐校、朱校、錢校同。姚校：「宋本『攲』作『攲』，从攵。《類篇》『攲』作『攲』。」

［一七］明州本、毛鈔、錢鈔「鋧」字作「鋧」。段校、陸校、龐校、朱校、錢校同。馬校：「『鋧』，局誤『鋧』，注亦誤『鋧』。」姚校：「宋本及注『鋧』作『鋧』，从台。影宋本、韓校皆同。」

［一八］明州本、毛鈔、錢鈔注「名」字作「枝」。龐校、朱校、姚校同。方校：「案：『枝』譌『名』，據宋本及《類篇》正。」

［一九］明州本、錢鈔注「拔」字作「蚩」。龐校同。朱校：「宋本誤。」按：《爾雅·釋草》：「卷施草，拔心不死。」作「拔」字是。

［二〇］李校：「《廣韻》『鍦』下『鉈』爲《説文》本字，此失收。」

［二一］李校：「據《説文》『攱』當从攴。注中亦从攴。」

［二二］方校：「案：二徐本『敷』作『敷』。」

［二三］方校：「案：『鳧』譌『鳥』，據《釋鳥》正。」衛校同。按：「似鴨而小」以下爲郭璞注文，「背」下有「上」字。「文」下有「今江東亦呼爲『鷉』，音施」。

［二四］明州本、毛鈔、錢鈔注「芊」字作「芊」。衛校、龐校、朱校、姚校、錢校同。方校：「案：毛刻作『蚌』，《爾雅·釋蟲》、《方言》十一、《類篇·虫部》並同。宋本及祁刊《繫傳》作『芊』。此上从艸，下从千，誤。」

［二五］明州本、毛鈔、錢鈔注「醔」字作「醔」。龐校、朱校、姚校、錢校同。陳校：「『醔』，俗『醫』字，《周禮》於紀切。」方校：「案：《天官·膳夫》『六清』注作『醫』，《類篇》同。今據正。宋本作『醔』，亦誤。」

［二六］方校：「案：『彖』譌『彖』，據《説文》正。《類篇》作『豙』，亦誤。」按：明州本、毛鈔、錢鈔「豙」作「彖」。陸校、龐校、朱校同。姚校：「宋本作『彖』，从彑，是。影宋本同。」

［二七］明州本、毛鈔、錢鈔注「筐」作「筐」。錢校同。避宋諱也。方校：「案：『盜』譌『盜』，據《類篇》及《伐木》釋文正。」

［二八］按：明州本注「盜」字正作「盜」。毛鈔、錢鈔同。龐校、朱校同。

［二九］明州本、毛鈔、錢鈔注「襶」字作「襶」。龐校、朱校、錢校同。姚校：「宋本『襶』作『襶』，从戈，非。」

［三〇］明州本、錢鈔注「蜓」字作「蜓」。朱校：「宋本作『蜓』，誤。」

［三一］陳校：「《類篇》作『唱』，譌。」

［三二］方校：「案：『曹兜』譌『曹兆』，據《説文》正。」按：明州本、錢鈔正作「曹」。朱校同。姚校：「宋本『曹』作『曹』，『兆』作『兜』。」

［三三］方校：「案：『紬』譌『細』，據《廣雅·釋器上》正。又《廣雅》『纚』作『纚』。此本《説文》。」

［三四］明州本、錢鈔注「爨」字作「爨」。朱校：「宋本誤『爨』。」

［三五］明州本、毛鈔、錢鈔「巹」字作「巹」，注同，又注「又」字作「叉」。龐校、朱校同。方校：「案：下『巹』字當作『巹』，『巹』，籒文『巹』字也。『又』當作『叉』。今竝據宋本正。」姚校：「宋本正文注文下『巹』字並作『巹』。从二，是。韓校同。『又』作『叉』，亦是。余校同。」

［三六］明州本、毛鈔、錢鈔注「亂絲」作「絲亂」。余校、汪校、段校、陸校、龐校、錢校同。姚校：「宋本『亂絲』作『絲亂』。韓校同。」

［三七］明州本、毛鈔、錢鈔「衺」字作「衺」。汪校、段校、龐校、朱校同。陳校：「『衺』中从𢆶，下同。」方校：「案：『衺』譌『衺』，據宋本正。下凡从『衺』者放此。」姚校：「宋本作『衺』。下『樶』、『瘶』等字並从衺，是。影宋本、韓校同。」

［三八］明州本、毛鈔、錢鈔「瘶」作「瘶」。段校、錢校同。

［三九］方校：「案：『夊』，陟侈切，此當作『夊』。」

［四〇］明州本、毛鈔、錢鈔注「遲」字作「遲」。姚校：「影宋本『遲』作『遲』，从辛，是。」方校：「案：宋本『遲』作『遲』，此與二徐本同。」又：明州本、毛鈔、錢鈔注「曳」字作「曳」。段校同。

〔四〇〕 明州本、毛鈔、錢鈔「榛」字作「榱」。段校同。

〔四一〕 李校：「《漢志》朱提，蘇林音時，北方謂匕爲匙，是蘇所見作『匙』。永建縣作『朱榥』，正合『匙』之或字，知今作『朱提』，以木譌从手也。」

〔四二〕 方校：「案：『鍉』即『匙』字，見《後漢書・隗囂傳》注。」

〔四三〕 明州本、錢鈔注「鷁」字作「鵶」。朱校同。姚校：「宋本『鷁』作『鵶』，从垩。」按：潭州本作「鷁」。

〔四四〕 方校：「案：『羣』下奪『飛』字，《類篇》同。據《詩・小弁》釋文及《廣韻》增。」按：孔氏正義：「『羣』下或有『飛』，亦衍字。定本集本並無『飛』字。」方校疑有未當。

〔四五〕 陳校：「當从氏。」姚校：「按：字當作『衹』，从氏，見《廣韻》。匙紐無緣从氐也。」

〔四六〕 明州本、毛鈔、錢鈔注「口」作「曰」。陸校同。是，當正。

〔四七〕 陳校：「『慚』，《類篇》作『慚』。見『慚』字注。」

〔四八〕 方校：「案：『婦父』，《方言》六作『父考』。『㚊』音多。」

〔四九〕 明州本、錢鈔注「鞀」字作「鞀」。朱校、錢校同。姚校：「宋本『鞀』作『鞀』，从且。」

〔五〇〕 段校：「凡『埀』皆作『垂』。」顧校同。姚校：「『埀』，韓校作『䍋』，非是。」

〔五一〕 方校：「案：『瑒』譌『㻛』，據《説文》、《類篇》正。」案：明州本、錢鈔「㻛」作「瑒」。龐校、朱校、錢校同。姚校：「宋本作『瑒』，从王。」

〔五二〕 方校：「案：《釋器上》作『甀』。音直累反。」

〔五三〕 潭州本、毛鈔注「鴘」字作「鴘」。

〔五四〕 明州本、錢鈔「篙」字作「篙」。龐校、朱校、錢校同。姚校：「宋本作『篙』，从龠。」

〔五五〕 明州本、毛鈔、錢鈔注「衞」字作「衞」。龐校、朱校、錢校同。

〔五六〕 陳校：「『兇』，《類篇》作『兇』。」

〔五七〕 明州本、毛鈔、錢鈔注「嬰」字作「嬰」。顧校同。馬校：「『嬰』从二貝，局作『嬰』，非。」

〔五八〕 明州本、毛鈔、錢鈔「觬」字作「觬」。朱校同。

〔五九〕 明州本注「古」字作「曰」。朱校：「『古』宋本誤『曰』。」案：潭州本作「古」。

〔六〇〕 明州本、毛鈔、錢鈔注「一曰」上有「斯」字。汪校、龐校、朱校同。姚校：「宋本有『斯』字。韓校同。」按：有「斯」字，是。謂此組字中僅「斯」字有「此」義及姓也。

〔六一〕 方校：「案：『冰』乃古『凝』字。當从二徐本作『仌』。」

〔六二〕 明州本、潭州本、毛鈔、錢鈔「竄」字下並有注文「穴也」。龐校、朱校、姚校、錢校同。陳校：「《玉篇》、《類篇》並云『穴也』。」馬校：「局刻脱注『穴也』二字，遂併『竄』、『漉』爲一字，致不可通。案：《玉篇》曰：『竄，穴也。』爲丁所據本。《類篇》相支切不誤。」方校：「案：『竄』下奪注文『穴也』二字，據宋本及《類篇》補。」

〔六三〕 方校：「案：《韻會》作『上虒』。上虒，亭名。見《水經注》。」

〔六四〕 明州本、潭州本、毛鈔、錢鈔注「爾」下有「雅」字。方校：「案：『爾』下奪『雅』字。據宋本及《類篇》補。」馬校：「局脱『雅』。」龐校、朱校、錢校同。姚校：「宋本『爾』下有『雅』字。韓校同。」

〔六五〕 明州本、錢鈔注「蛓」字作「蛓」。龐校、朱校、錢校同。姚校：「宋本『蛓』作『蛓』。」按：潭州本作「蛓」。毛鈔白塗改「蛓」。郭璞此語見《爾雅・釋蟲》「螺，蛅蟴」條郭注，字亦作「蛓」。明州本誤。

〔六六〕 方校：「案：《類篇》『蟴』作『蟖』，同。」

〔六七〕 李校：「《史記・司馬相如列傳》『葴蔪苞荔』，《漢書》作『析』，《文選》作『菥』。索隱曰：『音斯。』蘇林『析』音『斯』。此當列入『蔪』字，方與相支切相證明。如《爾雅》『菥蓂』之『菥』，釋文直音『析』，而《説文》亦省作『析』，不當入此韻。葴，徐廣、張揖並曰馬藍，與菥分物。而《玉篇》混爲一物，此仍其譌，改之。」

〔六八〕 明州本、潭州本、毛鈔、錢鈔注「褫」字作「桃」。龐校、朱校、錢校同。方校：「案：『桃』譌从示。據宋本及《爾雅・釋木》正。」姚校：「宋本『褫』作『桃』。韓校同。呂云：『褫宜作桃。』」

[六九]　明州本、錢鈔注「靚」字作「親」。龐校、朱校、錢校同。方校：「案：『靔』譌『靚』。據《篇》、《韻》及本書《十四清》咨盈切正。《類篇》『靔』字失收。」姚校：「宋本『靚』作『親』。」案：本書《十四清》作『靔』，與《廣韻》合。宋本亦誤。」

[七〇]　明州本、毛鈔、錢鈔注「慄」字作「慄」。陸校、龐校、朱校同。馬校：「宋誤，局作『慄』。」方校：「案：《類篇》同。宋本作『慄』，誤。」姚校：「影宋本『慄』作『慄』。」

[七一]　明州本注「痐」字作「痛」。余校同。

[七二]　陳校：「『枝』，《類篇》作『節』。」方校：「案：《類篇》『枝』作『節』。《玉篇》謂簕同籭，竹器，可以除麤取細。」

[七三]　方校：「案：《類篇》及《廣雅·釋木》『椑』作『槺』，今據正。」馬校：「『椑』，局作『椑』。凡宋本从『卑』諸字皆如此作。局作『椑』是也。」

[七四]　余校注「烴」作「燋」。朱校、錢校同。

[七五]　明州本、潭州本、毛鈔、錢鈔注「抵」字作「抵」。段校同。方校：「案：宋本及《類篇》『抵』作『抵』，今據正。」姚校：「影宋本『抵』作『抵』，从氏。」

[七六]　明州本、錢鈔注「尅」字作「翅」。錢校同。姚校：「宋本『尅』作『翅』。」朱校：「此誤字。」

[七七]　方校：「案：當从《廣雅·釋器上》作『幱』。」

[七八]　余校：「『帓』作『帷』。」按：《廣雅·釋器》作「帓」不作「帷」。余校不知何據。

[七九]　明州本、錢鈔注「木」字作「水」。龐校、朱校同。按：作「水」誤。潭州本作「木」。

[八〇]　明州本、毛鈔、錢鈔注「埤」字作「錍」。段校、衛校、陸校、龐校、朱校、錢校同。方校：「案：『錍』譌从土，據宋本及《類篇》正。」姚校：「宋本『埤』作『錍』，从矢，是。影宋本、韓校皆同。」

[八一]　明州本、毛鈔、錢鈔注「宣」字作「宜」。龐校、朱校同。方校：「案：《類篇》同。宋本作『宜』。」姚校：「宋本『宣』作『宜』。韓校同。誤。」按：「畦」在心紐，以作「宣」爲是。潭州本正作「宣」。

[八二]　余校「二垺」作「土垺」。衛校、丁校同。方校：「案：『土』譌『二』，據《類篇》正。」

[八三]　明州本、毛鈔、錢鈔注「莎」作「莏」。汪校、龐校、朱校、錢校同。姚校：「宋本上『莎』作『莏』。韓校同。」

[八四]　陳校：「注本《周禮》鄭注『反鄉』爲『刺日』。」按：《周禮·春官·眡祲》：「眡祲掌十煇之灋。三曰鑴。」鄭注：「鄭司農云：『鑴謂日旁氣四面反鄉如煇狀也。』玄謂：『鑴讀如童子佩鑴之鑴。謂日旁氣刺日也。』」丁氏蓋據鄭司農説，不必如陳鱣校依鄭玄注改「反鄉」爲「刺日」也。

[八五]　陳校：「『托』《類篇》作『扡』。」方校：「案：『扡』譌『托』，據《類篇》正。」

[八六]　毛鈔注「號」字作「踱」。衛校、丁校、龐校、朱校、錢校同。方校：「案：『踱』譌『號』，『桼』譌『泰』。據宋本及《説文》正。」馬校：「『桼』乃『桼』誤。局作『泰』，更不成字。」姚校：「宋本『號』作『踱』，『泰』作『桼』，是。影宋本、余校皆同。」按：明州本、錢鈔注「號」字作「號」，「踱」之誤。

[八七]　明州本、毛鈔、錢鈔「蟜」作「蠦」，毛鈔注同。馬校、錢校同。方校：「吴崧甫侍郎云：『蟜，宋本作蠦，注同。』珪案：『蟜』作『蠦』與《類篇》合，當據正。」姚校：「宋本『蟜』作『蠦』。韓校同。」

[八八]　明州本、潭州本、毛鈔、錢鈔注「鴦」字作「鸄」。龐校、朱校、錢校同。方校：「案：『鸄』譌『鴦』，據宋本及《説文》正。」姚校：「宋本『鴦』作『鸄』。」余校、韓校同。」

[八九]　《説文》見《鼠部》。桂馥《説文段注抄案》：「《東山經》作蚩鼠云：『狀如雞而鼠毛，見則其邑大旱。』吾鄉張氏《耳夢録》言親見此禽，大如麻雀而鼠毛，與本經合，不言鼠尾也。《類篇》依經亦作鼠毛，不作鼠尾。然則許書作尾，恐係傳寫之譌。」

[九〇]　段校：「才支切云歉食。」陸校同。馬校：「『嫌』，疑宋亦誤。下才支切作『歉食』。」方校：「嚴氏云：『後才支切云歉食。』珪案：字當作『嫌』。《玉篇》、《類篇》皆可證。《類篇》見《口部》『嗞』下注，《食部》『餈』下失收將支切一音。」按：卷子本《玉篇·食部》：「餈，似離反，《蒼頡篇》：『餈，嫌也。』」方校疑是。

[九一]　明州本、錢鈔「崒」字作「崒」。龐校、朱校同。姚校：「『崒』，宋本作『崒』，是。」按：《爾雅·釋山》：「崒者，厜㕒。」釋文：「崒，子恤、才戌二反。《字林》才没、子出二反。」「崒」有厜㕒義，然非「厜」之異體，以兩字音讀不相侔也。

［九二］ 陳校：「『觽』當作『觿』。」李校：「『事佩』二字無解。當從《説文》作『佩角』。又按：後翾規切之『觿』引《説文》『鋭端可以解結』，則此處當同。」

［九三］ 明州本、錢鈔注「皃」字作「皃」。龐校、朱校、錢校同。姚校：「宋本『皃』作『皃』。」

［九四］ 明州本、毛鈔、錢鈔注「口」字作「叩」。龐校、朱校、錢校同。姚校：「宋本『口』作『叩』，是。韓校同。」

［九五］ 卷子本《玉篇・食部》：「餥，似離反，《蒼頡篇》：『餥，嗛也。』《聲類》：『飱也。』《字書》或爲『嚨』字，在《口部》。」據上「餥」字注「歉」當作「嗛」。

［九六］ 方校：「案：『捽』譌从木，據《類篇》正。」按：明州本、潭州本、毛鈔、錢鈔注「椊」字正作「捽」。龐校、朱校、錢校同。姚校：「宋本『椊』作『捽』，从手。余校、韓校同。」

［九七］ 方校：「案：王本《廣雅・釋詁二》作『羑，乾也』。謂自羑至炈二十三字皆訓乾，自暵至曬九字方訓曝，各本乾下奪去『也』字，遂與下文混爲一條耳。此書惟《九魚》求於切濾注引《廣雅》不誤。」

［九八］ 明州本、潭州本、毛鈔、錢鈔「肎」字作「肯」。朱校同。馬校：「『肎』古作『肎』，宋本誤，局作『肎』，亦誤。」

［九九］ 明州本、潭州本、毛鈔、錢鈔注下「䵷」字作「蛪」。朱校、錢校同。姚校：「宋本注下『䵷』作『蛪』，是。」

［一〇〇］ 明州本、錢鈔注「攱」字作「伎」。龐校、錢校同。方校：「案：《類篇・攴部》有『攱』，《支部》有『敊』，『敊』注與此同，而『攱』亦从支。當有脱誤。此『攱』又作『攱』，與《類篇》不合，均當依攴。」朱校：「應从今。」姚校：「宋本作『伎』，从人。」

［一〇一］ 某氏校：「注『揚』譌『楊』，今改正。」

［一〇二］ 明州本、毛鈔、錢鈔注「角」下有「曰」字。龐校、朱校、錢校同。方校：「案：二徐本『一説』作『或云』。『角』下有『曰』字，宋本同。今據補。」姚校「宋本『角』下有『曰』字。」

［一〇三］ 方校：「案：此係新坿字。」明州本、潭州本「魑」字作「魑」。龐校：「『鬼』旁並作『鬼』。」下同。

［一〇四］ 方校：「案：《類篇》『謀』作『謀』。」

［一〇五］ 明州本注「黏」下脱「也」字。朱校：「宋本脱『也』字。」按：潭州本有「也」字。

［一〇六］ 明州本、毛鈔、錢鈔「瞝」字作「瞝」，注同。段校、陳校、陸校、龐校、朱校、錢校同。方校：「案：『瞝』譌『瞝』，據宋本及《史記・屈原賈生列傳》正。《漢書》『瞝』作『歷』。」姚校：「宋本作『瞝』，从目，是。余校同。」

［一〇七］ 陳校：「『獊』、『貐』二字《類篇》並从离。从禽譌。」方校：「案：『獊』、『貐』竝譌从禽，據《類篇》正。」

［一〇八］ 明州本、錢鈔「䍦」字作「䍦」。余校、龐校、朱校同。方校：「案：《類篇》『䍦』作『䍦』，據《説文》當作『䍦』。」

［一〇九］ 李校：「金壇段君曰：『趍趙，夂也。』《廣韻・五支》作『夂』字，《三十小》作『夂也』。《玉篇》作『夂』。《説文》有『夂，楚危』、『夂，陟侈』、『夂，舉友』三字，其異甚微。竊意此當作『夂』爲是。趍趙，直離、治小二切，與《詩》、《書》之峙蹰、蹢箸、蹢躅，《廣雅》之躊躇、跢踈，今時支、踟躕皆爲雙聲。毛解踟躕爲止。張揖云：躊躇，猶豫也。然則此《集韻》作『夂』無疑。」

［一一〇］ 明州本、毛鈔、錢鈔注「通」字上空三格。龐校、朱校、錢校同。姚校：「宋本『通』上空三格。韓校同。」馬校：「注『簃』字下空三格。局不空。」案：潭州本不空。

［一一一］ 明州本、錢鈔注「齜」字作「齜」。朱校：「作『齜』，大字仍作『齜』。」

［一一二］ 明州本、錢鈔注「覞覞」作「覞覞」。錢校「覞」作「覞」。姚校：「宋本『覞』作『覞』，从未。」朱校：「『覞覞』，宋本誤『覞覞』。」按：潭州本不誤。

［一一三］ 明州本、潭州本、錢鈔注「鍾」字作「鐘」。錢校同。姚校：「宋本作『鐘』，从童。」

［一一四］ 注文第二個「禔」字明州本作「偍」，錢鈔作「禔」。龐校、朱校同錢鈔。「偍」「禔」誤。潭州本作「禔」，不誤。

［一一五］ 明州本、毛鈔、錢鈔注無「離」字。龐校、朱校同。姚校：「宋本無『離』字。」按：《説文・隹部》有，當補。某氏校曰：「《類篇》無『離』字，不引《説文》。」

［一一六］ 李校：「『离』，《廣韻》更有『离』字重文云：『《説文》如是。』然《説文》明云从『禽』頭，『山』如小篆，讀如此，隸仍作『离』，非从山也。本書不收，良是矣。」

［一一七］明州本、錢鈔「勺」作「匀」。朱校：「宋本誤『匀』。」

［一一八］明州本、毛鈔、錢鈔「詎」字作「訮」。顧校、龐校、朱校、錢校同。姚校：「宋本作『訮』。」

［一一九］明州本、毛鈔、錢鈔注「名」字下有「又姓」二字。汪校、馬校、龐校、朱校、錢校同。方校：「案：宋本『名』下有『又姓』二字，《類篇》同，今據補。」姚校：「宋本有『又姓』二字。」

［一二〇］方校：「案：《説文》『絲』上有『以』字，『履』下有『也』字，今據補。」

［一二一］陳校據《爾雅》及郭注改注文「也」爲「謂之褵」，下補「郭注」二字，「今」下補「之」字，「纓」下補「也」字。李校：「既引《爾雅》不當節去下三字，不稱郭注則『今』字無著。宋本決不如是，必是繕手删去。」

［一二二］明州本、潭州本、毛鈔、錢鈔「鼺」字作「鸓」。龐校、朱校、錢校同。方校：「案：『鸓』上譌从日。注『樆』譌『摛』，據《爾雅・釋鳥》『鷺，春鉏』注正。」姚校：「宋本『鼺』作『鸓』，从□，是。」

［一二三］衛校：「今《易》作『麗乎上』。」按：引《易》見《象》傳。馬校：「宋本與局刻悉皆同『草』，《類篇》作『艸』，引《易》『百穀於草木麗乎土』，當據《類篇》改正。草木麗乎土故謂之麗，《易》本不作『蘼』也。」方校：「案：《説文》及《類篇》『草』皆作『艸』，當據正。『蘼於地』二徐本作『蘼於土』。《類篇》作『麗乎土』。段校本作『麗於地』。」

［一二四］明州本、錢鈔注「笊」字作「笊」。朱校同。誤。潭州本作「笊」。

［一二五］方校：「案：『把』譌从木，據《類篇》正。」按：明州本、毛鈔、錢鈔注「杷」字正作「把」。馬校：「『把』局誤『杷』。」

［一二六］馬校：「『梨』、『樆』疑當互倒。古本《爾雅》當作『樆，山梨』，謂樆爲山梨也。《玉篇》、《廣韻》皆曰：『樆，山梨。』是顧、盧所據《爾雅》爲誤，顔師古注《急就篇》已誤。古作『離』，司馬相如《子虚賦》『檗離朱楊』，《文選》注，張揖、裴駰引《漢書音義》皆曰：『離，山梨。』釋文反以作『樆』爲非矣。」

［一二七］衛校：「《左傳》作『驪』。」方校：「案：《禮・大學》釋文及《淮南・説林訓》『驪』本作『孋』，《左・宣二年傳》、《穀梁・僖十五傳》作『麗』，竹書又作『離』，古字叚借者多，此其一證也。」

［一二八］明州本、錢鈔注「蘺」字作「蘺」。龐校：「作『蘺』誤。」案：潭州本作「蘺」。

［一二九］明州本、潭州本、毛鈔、錢鈔注「鶡」字作「鶡」。汪校、陸校、馬校、朱校、錢校同。方校：「案：『鶡』譌『鴞』，據宋本及《廣韻》、《類篇》正。」龐校：「宜从曷，見《十四太》部。」姚校：「宋本『鴞』作『鶡』，从曷，是。影宋本同。」

［一三〇］明州本、錢鈔注「葉」字作「菓」。朱校：「宋本誤『菓』。」按：潭州本、《類篇》作「葉」，不誤。

［一三一］方校：「案：《類篇》『埶』作『埶』。」

［一三二］明州本、錢鈔注「妓」字作「妓」。朱校同。按：潭州本作「妓」。

［一三三］明州本、毛鈔、錢鈔注「軌」字作「軌」。龐校、朱校、錢校同。姚校：「宋本『軌』作『軌』，从九，是。」

［一三四］方校：「案：此亦《説文》語。『刀』譌『刅』，據二徐本正。」按：明州本、毛鈔、錢鈔注「刅」字正作「刀」。陸校、馬校、龐校、朱校、錢校同。姚校：「宋本作『刀』。」余校、韓校同。

［一三五］方校：「大徐本『從』作『从』，小徐本及《類篇》與此同。」

［一三六］明州本、潭州本、毛鈔、錢鈔注「書」上有「或」字。顧校、陸校、龐校、朱校、錢校同。方校：「案：『書』上奪『或』字，據宋本補。」姚校：「宋本『書』上有『或』字，是。影宋本同。」

［一三七］潭州本、錢鈔注「裑被」作「裑被」，誤。明州本、毛鈔、錢鈔注「不」字作「衣」。龐校、朱校、錢校同。姚校：「宋本『不』作『衣』，是。影宋本同。段云：『亦脱字，宜作衣不帶也。』」顧廣圻曰：「段非也，曹所據本作『不帶』者是。」方校：「案：嚴氏謂宋本『不』作『衣』，此當云『衣不帶也』。然考《釋訓》『般桓，不進也』，『結緍，不解也』，句法與此正同。宋本、嚴説均非。」

［一三八］方校：「案：《類篇》同。二徐及段校本『旇』皆作『披』。」

［一三九］方校：「案：『𡴘』譌『𡴘』，據《類篇》正。」

［一四〇］明州本、潭州本、毛鈔、錢鈔注「節」字作「飾」。陳校、陸校、馬校、龐校、朱校、錢校同。方校：「案：『飾』譌『節』，據宋本及《類篇》正。後班糜切『蘢』注不誤。」姚校：「宋本『篪節』作『虒飾』。影宋本『節』作『飾』。韓校同。」

［一四一］方校：「案：二徐本『池』作『沱』。此與《類篇》、《韻會》、段校本合。」

［一四二］明州本、毛鈔、錢鈔「䨴」字作「䨴」。方校：「案：《類篇》『䨴』作『䨴』。」馬校：「『䨴』，局作『䨴』，注同。」姚校：「宋本作『䨴』，中一不斷。」

［一四三］明州本注「錯」字作「錯」。朱校：「宋誤『錯』。」按：潭州本作「錯」。

［一四四］明州本、毛鈔、錢鈔注「宫」字作「官」。朱校：「宋誤『官』。」按：潭州本作「宫」。

［一四五］明州本、毛鈔、錢鈔「䱊」字作「焷」，注「魚」字作「魚」。龐校、朱校同。姚校：「宋本『䱊』作『焷』，从火。注『魚』作『魚』。」

［一四六］按：《方言》第十三：「䴵，麴也。北鄙曰䴵。」即此所本。下文頻彌切「䴵」字注引《方言》「幽州」作「北燕」。

［一四七］方校：「小徐本同。大徐本『耜』作『相』。」

［一四八］李校：「《方言》：『自關以東謂之䙞。陳魏之間謂之帔。』明爲兩地異名，何得合爲或字？」

［一四九］明州本、錢鈔「㞒」字作「㞒」。龐校、朱校、錢校同。方校：「案：『皮』字重文大徐《説文》作『㞒』『㞒』，小徐本『㞒』作『笸』，段校从之。《類篇》『㞒』作『㞒』，非是。」龐曰：「注不連。」姚校：「『㞒』，古作『笸』，宋本作『㞒』。」

［一五〇］方校：「案：『㯅』譌从手，據《廣雅・釋木》正。」按：明州本注「撕」字作「㯅」。錢鈔同。段校改「㯅」。龐校、錢校同。馬校：「局作『撕』，誤。下賓彌切作『㯅』。」

［一五一］方校：「案：《類篇》『䍦』作『䍦』。」

［一五二］陳校：「『犤』，《爾雅》作『犤』，誤。」李校：「郭注本作『犤牛』。《爾雅音義》音子息切，可證。今汲古閣本作『犤』，譌也。《集韻》故未舛也。案：宋本《爾雅》作『犤』，不誤。」

［一五三］李校：「《漢書・地理志》：『魯國蕃。』應劭曰：『邾國也。音皮。』此節去『國』字，便與春秋之魯相混。」

［一五四］陳校：「即『𠂢』字之譌。見《卦韻》普卦切，同。从反。」

［一五五］明州本、錢鈔「糜」字作「糜」。朱校：「宋本誤『糜』。」馬校：「案：《周禮》鄭注《土訓》：『幽并宜麻。』釋文：『麻，如字。一本作糜，李及聶氏亡皮反。』則『麻』乃『䵛』之譌省耳。䵛，穄也，黏者謂之黍，黍之不黏者謂之穄，謂䵛。

今《釋文》：一本作『糜』。譌字也。《釋文》又曰『劉、沈皆作糜』，此即《説文》或字，今亦誤作『䵛』，音紀倫反，大謬。」

［一五六］方校：「案：『䡅也』譌『熱兒』，據《釋詁三》正。『䡅』隸作『𤎩』。曹憲云：『顧野王《玉篇》𤎩字加火，未知所出。』」按：明州本、潭州本、錢鈔注「熱」字作「熱」。錢校同。姚校：「宋本『熱』作『熱』，从執。」

［一五七］陳校：「『汝』，《易》作『爾』。」按：引《易》見《中孚》，釋文：「靡，本又作『縻』，同，亡池反，散也。干同。陸作『䌕』，京作『劘』。」李校：「陸作『䌕』，蓋俗體。」

［一五八］李校：「錢詹事云：『《九域志》、《宋史・地理志》云秦州有床穰堡，徧檢字書皆無『床』字。頃讀《一切經音義》知《大涅槃經》有粟床，云字體作糜䵛二形，同，忙彼切，禾穄也。關西謂之床，關東謂之穄。乃知隋唐以前已有此字。』貽德案：《九域》、《地理志》所據正本《集韻》，錢氏偶未檢及耳。」

［一五九］《説文・鬲部》「鬻」篆段注：「鉉本作米聲，武悲切。此因誤衍『聲』字而爲之切，非真《唐韻》有武悲切也。《爾雅》『猶如麂』之『猶』，舍人本作『鬻』，異文同部，是可以定其非形聲矣。《廣韻》、《集韻》、《篆韻譜》脂韻内皆無『鬻』。《玉篇》云『《説文》又音糜』，《廣韻》云『《説文》本音糜』者，乃陳彭年輩誤用鉉本也。《玉篇》『糜』字又『䵛』之誤。《類篇》忙皮切之誤本此。『鬻』作『粥』者，俗字也。作『䰞』者，《樂記》假『鬻』爲『育』而轉寫致譌也。」按：段説是。此字當删。

［一六〇］明州本、毛鈔、錢鈔注「揵」字作「𢴠」。汪校、馬校、龐校、錢校同。方校：「案：『揵』譌『揵』，據宋本及《説文》正。」姚校：「宋本『揵』作『𢴠』。韓校同。鈕云：『揵宜作𢴠。』」

［一六一］《説文》見《ナ部》。「也」字作「者」。又：明州本、潭州本、毛鈔、錢鈔注「徐鉉」作「徐鍇」。陸校、龐校、朱校、錢校同。方校：「二徐本『也』作『者』，當據正。『鉉』當从宋本作『鍇』。」姚校：「宋本『鉉』作『鍇』，是。影宋本、韓校皆同。」

［一六二］陳校：「《爾雅》从疒作『㾟』。」李校：「釋文本作『庳』，今作『㾟』，俗本也。謹删去。」按：宋本《爾雅》作「庳」。

［一六三］明州本、錢鈔注「柹」字作「梀」。龐校、朱校同。姚校：「宋本『柹』字作『梀』。」按：《廣韻》亦作「梀」。

［一六四］許克勤曰：「『而青』下據《漢志》當補：『一曰縣名，在琅邪。』」

［一六五］明州本、毛鈔、錢鈔注「卯」字作「夘」。朱校、錢校同。姚校：「宋本『卯』作『夘』，从夕。」

［一六六］方校：「案：《廣雅・釋器下》作『麴』，《説文》作『⿱竹鞠』，同。此左从革，非。」按：明州本注作「⿱竹鞠」。錢鈔同。潭州本作「⿱竹鞠」。陸校、龐校、朱校、錢校同。姚校：「宋本『⿱竹鞠』作『⿱竹鞠』，从幸。」

［一六七］段校：「⿰矢比」改「⿰矢北」。陸校同。方校：「案：『⿰矢北』譌『⿰矢比』，據《廣雅・釋詁二》正。」

［一六八］方校：「案：『鞞』譌『鞞』，注『牆』譌『垣』，『俾』譌『俾』，據二徐本正。」

［一六九］潭州本注「土」字作「上」，非。明州本作「土」，不誤。

［一七〇］《方言》見第十三。方校：「案：據《方言》十三，『北燕』當作『齊北鄙』。」按：《御覽》卷八百五十三引《方言》與《集韻》合，是《方言》本有作「北燕」者，不必如方氏之説改。

［一七一］《博雅》見《釋木》，今本無「木」字。按：有「木」字義較明。上文賓彌切「榫」字注有「木」字。《玉篇・木部》「榫」注亦有「木」字。

［一七二］明州本、錢鈔注「鵗」字作「鶈」。朱校：「宋誤『鶈』。」按：朱校未允。陳校：「《爾雅》作『痺』，从疒。『鵗』作『鶈』。見《皆韻》『鷠』字注。」方校：「《釋鳥》『庳』作『痺』，『鵗』作『鶈』，《類篇》『鶈』字不誤。」《爾雅》見《釋鳥》，「鵗」字作「鶈」，釋文出「鶈」字云：「《字林》力彫反。」是作「鶈」字之證。

［一七三］方校：「案：嚴氏謂『棄妻畀所齎』見《雜記注》，作『畁』者誤。今考《類篇》作『畁』，入《亣部》。」按：此條實爲段氏校語，各家傳鈔本段校《集韻》均有。方氏誤録。

［一七四］明州本、潭州本、毛鈔、錢鈔注「夕」字作「久」。衛校、陸校、龐校、朱校、錢校同。姚校：「宋本『夕』作『久』」，是。余校、韓校皆同。」

［一七五］明州本「㯹」作「㯹」，注同。錢校同。方校：「案：『罙』上从网，不从横目。段校改『网』。又《增韻》云：『罙與㝍

異。㝍音森，从穴从木。罙从冖从米，俗从木，誤。』『㯹』下亦从『米』，此譌『㯹』。據《類篇》、《韻會》正。」姚校：「宋本『㯹』作『㯹』，从占米。」按：「㯹」爲《説文・网部》之或體，其字形源流段氏曾有説明。《説文・穴部》「突」篆：「突，深也。」段注：「《毛詩》：『罙入其阻。』傳曰：『罙，深也。』此『罙』字見六經者。毛公以今字釋古字，而許襲之。此罙字音義源流也。鄭箋易『罙』爲『罙』，訓爲冒也，蓋以字形相似而易之。」

［一七六］毛鈔注「用」字作「周」，下有「行」字。段校、陸校、馬校同。龐校、朱校、錢校俱增「行」字。方校：「案：注用小徐本及《韻會》作『周』，毛本及《類篇》作『周行』，宋本同。」姚校：「『用』下有『行』字，影宋本作『周行』。」余校、韓校皆同。」

［一七七］余校作「瞌」、「瞌」，从目。陳校：「《廣韻》从目，《玉篇》亦从目。」方校：「案：《類篇》亦入《耳部》，《篇》《韻》二字竝从目。」

［一七八］明州本、錢鈔注「鍪」字作「鍪」。朱校、錢校同。姚校：「宋本注作『鍪』與……」按：此條校語殘脱，依上下文推之，「與」下疑當補「正文同」三字。

［一七九］衛校注「潰」字作「漬」。丁校同。蓋據《玉篇》。許校：「勤案：《説文》各本皆作『潰』，改者誤。」方校：「案：二徐本同。《類篇》『潰』作『潰』，非。」

［一八〇］《廣雅》見《釋獸》，「狫」字作「猴」。明州本、潭州本、毛鈔、錢鈔注「狫」字作「猴」。龐校、朱校、錢校同。方校：「案：『狫』當从宋本及《廣雅》、《類篇》作『猴』。」姚校：「宋本『狫』作『猴』，是。韓校同。」

［一八一］陳校：「民卑切。《説文》有『瀰』字，大水也。」李校：「瀰，《説文新坿》字。《玉篇》、《廣韻》並無。鈕匪石謂即『瀰』之俗字，不必收。」

［一八二］陳校：「《廣韻》从手。」李校：「欟枸，山名。案：《中山經》句欟山即此。《杜陽雜篇》作『拘弭』。《廣韻》誤作『攔拘』，『欟』更譌从手，此『欟』字不譌。『拘』當作『枸』，句枸古通。徑改作『枸欟』，以从《山經》。」方校：「案：《山海經》五《中山經》作『句欟之山』。句，郭音絡椐之椐。此作『欟枸』，與《類篇》合。《廣韻》从手作『攔拘』，尤誤。」

[一八三]　方校：「汪氏云：《釋木》作『椴』，音徒亂反。此與雪牕本作『椵』，似誤。」按：宋本《爾雅・釋木》作「椵」，釋文「椸，弋支反」，即丁氏收字所本。

[一八四]　明州本、潭州本、毛鈔、錢鈔「弛」字作「㢮」，注同。陸校、龐校、朱校、錢校同。又明州本注「箷」字作「篪」。毛鈔、錢鈔同。方校：「案：『㢮』譌『弛』，注『箷』譌『篪』，據宋本及《類篇》正。」姚校：「『弛』，宋本作『㢮』，注同。」

[一八五]　方校：「案：《廣雅・釋器上》作『袘』。」

[一八六]　陳校：「《御覽》引《通俗文》：『簃』通『誃』。」方校：「此係新坿字。徐鼎臣云：『《說文》通用誃。』」

[一八七]　明州本、毛鈔、錢鈔注「從」字作「从」。按：依全書通例當作「从」。

[一八八]　方校：「案：『𦻊』譌从竹，據《類篇》及本文正。」按：明州本、潭州本、毛鈔、錢鈔注「簃」字正作「𦻊」。段校、龐校、朱校同。姚校：「宋本『簃』作『𦻊』，从艹，是。鈕云：『簃宜作𦻊。』」

[一八九]　按：《說文・心部》：「𢜵，怟𢜵，不憂其事也。」參見後《紙韻》演爾切「𢜵」字。注「𢜵」字上當有「怟」字。《廣韻》、《類篇・心部》「𢜵」上俱有「怟」字。

[一九〇]　李校：「《周禮》注『稀』下有『者』字，當補入。」方校：「案：《周禮・天官・酒正》注『粥稀』下有『者』字，當據補。」

[一九一]　毛鈔注「𣢑」字作「欣」。顧校、陸校、龐校、朱校、錢校同。方校：「案：『欣』譌『𣢑』，據宋本及《類篇》正。《類篇》『欣』入《次部》。」姚校：「宋本『𣢑』作『欣』，是。影宋本、韓校皆同。」按：潭州本作「欣」，缺一筆，當是「欣」之壞字。

[一九二]　明州本、錢鈔「衰」字作「衺」。朱校：「宋本誤『衺』。」

[一九三]　明州本、錢鈔注「嫌」字作「𡟰」。龐校、朱校、錢校同。姚校：「宋本『嫌』作『𡟰』。」參見前才支切「𩚬」字注及校語。

[一九四]　方校：「案：《廣韻》『䫢』訓小旋風。《類篇》與此同。」

[一九五]　明州本、錢鈔注「臼」字作「𦥑」。朱校：「宋誤『𦥑』。」按：潭州本作「𦥑」，亦非。

[一九六]　方校：「案：《類篇》『文』作『名』，非。」

[一九七]　某氏曰：「『訑』字《廣韻》作『詑』，注云：『自得皃。俗作訑。香支切。』《玉篇》『湯何切，兗州人謂欺曰詑。俗作訑』，無香支切之音。而余支切有『訑』字云：『訑訑，自得也。』商支切有『䛊』字訓『多言』。此『訑』或『䛊』字之譌與？然《類篇》亦作『訑』，音義同。」

[一九八]　明州本、潭州本、毛鈔、錢鈔注「褑」字作「䙴」。

[一九九]　方校：「案：『衼』譌从木，據《類篇》正。」按：明州本、錢鈔「枝」正作「衼」。龐校、朱校、錢校同。姚校：「宋本『枝』作『衼』。」呂云：『枝宜从衣。』」潭州本「衹枝」作「衹枝」，亦誤。

[二〇〇]　方校：「案：大徐本與此同。小徐本及《韻會》『病』下有『不翅』二字，段氏从之。」

[二〇一]　陳校：「《玉篇》从『攴』。」

[二〇二]　李校：「『幸』旁當作『𡴘』，見《字彙補》。」

[二〇三]　明州本、錢鈔注「鶅」字作「䲉」。龐校、朱校、錢校同。姚校：「宋本『鶅』作『䲉』。」按：《方言》第八作「鶅」，潭州本同。明州本誤。

[二〇四]　《山海經・西山經》：「（符禺之山）其鳥多鴖，其狀如翠而赤喙，可以禦火。」郭注：「音旻。」《御覽》卷八百六十九引作「鴖」。此字見《說文》，鉉音武巾切。本書入《真韻》眉貧切。疑此誤收。

[二〇五]　姚校：「韓校『行』下有『兒』字。」錢校同。龐校：「明州本無『兒』字。」

[二〇六]　明州本、錢鈔注「蚩」字作「𧉮」。龐校、朱校同。姚校：「宋本作『𧉮』。」按：毛鈔白塗改「蚩」，《說文・虫部》亦作「蚩」，明州本誤。

[二〇七]　毛鈔注「蚤」字作「蝨」。汪校、顧校同。方校：「案：《類篇》『蚤』作『蝨』，宋本同。」姚校：「影宋本『蚤』字作『蝨』。韓校同。」

[二〇八]　姚校：「余校『首』作『頭』。呂云：『贅宜从枝。』」

[二〇九]　姚校：「韓校『剋』下有『也』字。」龐校：「宋本無『也』字。」

[二一〇] 曹本「蔕」字空缺。顧本已補。明州本、毛鈔、錢鈔均有。方校：「案：『曰』下『蔕』字缺，據宋本及《類篇》補。」

[二一一] 明州本、毛鈔、錢鈔「螋」字作「螋」。龐校、朱校、錢校同。姚校：「『螋』，宋本作『螋』，注同。」

[二一二] 明州本、錢鈔注「構」字作「構」。朱校：「宋誤『構』。」按：潭州本不誤。

[二一三] 明州本、錢鈔注「猜」字作「猜」。朱校：「宋誤『猜』。」按：潭州本作「猜」，不誤。

[二一四] 余校：「案：郡名當作縣名。朱提，蘇林音殊時，即漢犍爲郡之朱提縣也。」陳校：「『洙』，《類篇》作『沬』。」李校：「案：洙堤即《漢志》犍爲郡之朱提。提蘇林音時，故收入《支韻》。《類篇》作『沬』，誤，不當從。郡當爲縣，《蜀志》爲郡，然當從前《志》。」

[二一五] 按：《説文》見《角部》，注「鋭」上有「佩角兒」三字。方校據此補。

[二一六] 方校：「案：《廣雅·釋器下》『屬』作『也』。」

[二一七] 明州本、錢鈔注「堆」字作「規」。龐校、朱校、錢校同。姚校：「宋本注『堆』作『規』。韓校同。」

[二一八] 明州本、毛鈔、錢鈔注「可」字作「任」。龐校、朱校、錢校同。方校：「案：宋本及《類篇》『可』作『任』，『任』字爲古，言惟此物任此器也。」姚校：「宋本『可』作『任』。韓校同。」

[二一九] 明州本、錢鈔「袿」字作「桂」。朱校：「宋本誤从木。」按：潭州本作「袿」，不誤。

[二二〇] 明州本、毛鈔、錢鈔「罼」、「羈」作「罵」、「羈」。方校、龐校、朱校、錢校同。姚校：「宋本作『罵』、『羈』。影宋本、韓校皆同。」

[二二一] 朱校：「宋本『奇』字多从立。」姚校：「宋本凡『奇』字皆作『竒』。不从大。余校『奇』字多改从『竒』。」

[二二二] 明州本注「旅」字作「旅」。朱校同。

[二二三] 明州本、毛鈔、錢鈔注「觭」字作「倚」。龐校、朱校、錢校同。姚校：「宋本『觭』作『倚』。」

[二二四] 明州本、錢鈔「剈」字作「剛」。龐校、朱校、錢校同。方校：「案：《廣雅·釋器下》『剈』作『剛』，音歸衛反。《韻會》引同。《説文》及《淮南·俶真訓》作『剈』，『剈』『剛』古通用。」姚校：「宋本『剈』作『剛』。」

[二二五] 明州本、毛鈔、錢鈔「驥」字作「驥」。段校、顧校、龐校、朱校、錢校同。馬校：「局作『驥』，是。」姚校：「宋本作『驥』。影宋本同。按：『驥』，『驥』之俗體。」

[二二六] 明州本、毛鈔、錢鈔「犧」字作「犧」。朱校同。龐校：「宋本『羲』並从万。」按：潭州本作「犧」。

[二二七] 方校：「案：『羲』譌『羲』，據《説文》正。」按：《説文》「羲」字从兮，義聲。

[二二八] 明州本、潭州本注「嗚」字作「嗚」。汪校、陸校、龐校、朱校、錢校同。方校：「『嗚』譌『嗚』，據宋本及《類篇》正。」姚校：「宋本『嗚』作『嗚』，是。余校、韓校皆同。」

[二二九] 明州本、錢鈔「獻」字作「獻」。龐校、朱校、錢校同。姚校：「宋本作『獻』，从次，注同。」

[二三〇] 明州本、錢鈔注「笑」字作「笑」。龐校、朱校同。姚校：「宋本『笑』作『笑』，是。」按：毛鈔作「笑」。

[二三一] 潭州本注「上」字作「匕」。毛鈔白塗改「匕」。明州本、錢鈔作「上」。衛校、陸校、龐校、朱校、錢校同。姚校：「影宋本作『匕』。韓校同。」

[二三二] 明州本注「廞」字作「廞」。龐校、朱校同。《類篇·广部》同。

[二三三] 明州本注「隙」字作「隙」。龐校、朱校、錢校同。姚校：「宋本作『隙』。」

[二三四] 方校：「案：『敍』譌『敍』，據《説文》正。」

[二三五] 陳校：「《類篇》：齧也。」按：《説文·齒部》：「齮，齧也。」《廣雅·釋詁三》同。本書上聲《紙韻》去倚切、語綺切均作「齮，齧也」。疑注「齒」字當作「齧」。

[二三六] 衛校「有」字作「以」。姚校：「呂云：『有字宜作以。』」方校：「案：《爾雅·釋宫》音義引作『舉脚有度』。《類篇》引作『舉足以渡』。而二徐本及段本竝與此同，今仍之。」

[二三七] 明州本、毛鈔、錢鈔注「憾」字作「慽」。龐校、朱校、錢校同。方校：「案：『慽』譌『憾』。據《篇》、《韻》、《類篇》正。『偷』，《類篇》作『愉』。『愉』訓薄，亦訓苟且，與『偷』音義同。」姚校：「宋本『憾』作『慽』。」

[二三八] 明州本、錢鈔注「軌」字作「軌」。龐校、朱校同。當正。

［二三九］明州本、潭州本、錢鈔「畸」字作「踦」。馬校：「局誤从目。」姚校：「韓校作『踦』。呂云：『宜从耳。』」方校：「案：《廣韻》有『踦』無『畸』，而『踦』訓一隻，意義未明。《玉篇》亦止有『踦』字，注與此及宋本《集韻》、曹楝《類篇》同。此當改正文『畸』字爲『踦』。」衛校「側耳」作「隻目」，未明所出。

［二四〇］姚校：「宋本『羈』作『羈』，从网，是。」

［二四一］明州本、毛鈔、錢鈔注「人」字作「又」。馬校、龐校、朱校、錢校同。方校：「案：『又』譌作『人』，據宋本正。」姚校：「『人』作『又』，是。」

［二四二］明州本、錢鈔注「笑」作「笑」。龐校、朱校、錢校同。姚校：「宋本『笑』作『笑』。」按：毛鈔作「笑」。

［二四三］毛鈔「䭲」、「魃」作「䭲」、「魃」。

［二四四］陳校：「『鼓』从支。」方校：「案：《類篇》入《支部》，作『鼓』。」

［二四五］明州本、潭州本、毛鈔、錢鈔注「灅」字作「灅」。龐校、朱校同。按：與《爾雅·釋水》合。當正。

［二四六］方校：「案：《玉篇》訓義同。《廣韻》『美』作『笑』，非是。」

［二四七］明州本、錢鈔注「旗」上有「説文」二字。龐校、朱校、錢校同。姚校：「宋本『旗』上有『説文』二字。」

［二四八］陳校：「『柅』，《説文》作『施』。《類篇》作『旎』。」方校：「案：二徐及段校本、《玉篇》、《廣韻》『柅』皆作『施』。《類篇》作『旎』，亦誤。」

［二四九］明州本、潭州本、毛鈔、錢鈔注「匕」字作「上」。陸校、龐校、朱校、錢校同。姚校：「宋本『匕』作『上』，是。余校、韓校皆同。鈕云：『匕宜作上。』」

［二五〇］明州本、錢鈔注「笑」字作「笑」。龐校、朱校同。參見前渠羈切「鵸」字校語。

［二五一］明州本、錢鈔「亥」、「𡖖」作「亥」、「𡖖」。龐校、朱校、錢校同。姚校：「『亥』、『𡖖』宋本作『亥』、『𡖖』，从夕，是。」

［二五二］明州本、毛鈔注「榦」字作「榦」。龐校、朱校、錢校同。姚校：「宋本『榦』作『榦』，从木，是。」

［二五三］方校：「案：《左·昭六年傳》『鄬』作『儀』。儀楚，杜注以爲徐大夫，與許氏説異。」按：清光緒十四年四月江西高安縣出土有郤王義楚鍴，即此徐儀楚。杜説疑有據。見羅振玉《貞松堂吉金圖》。

［二五四］明州本、毛鈔、錢鈔注「巉」字作「巉」。龐校、朱校、錢校同。姚校：「宋本『巉』作『巉』。」

［二五五］明州本、錢鈔「㿽」字作「㿽」。龐校、朱校、錢校同。姚校：「宋本作『㿽』。」

［二五六］陳校：「『俗作『為』。」

［二五七］陳校：「『隔鄏，《廣韻》分訓地名。」李校：「《説文》从阜，三《傳》从邑。」

［二五八］明州本、毛鈔、錢鈔注「著」字作「箸」。龐校、朱校同。姚校：「宋本『著』作『箸』，从竹。」

［二五九］毛鈔注「兮」字作「兮」，正文偏旁同。姚校：「影宋本正文、注文『兮』並作『兮』。」

［二六〇］朱校：「宋本誤戲。」按：明州本、潭州本、毛鈔、錢鈔並作「戲」，不誤。或前虛宜切「巇」字注誤於此，參見該字校語。

［二六一］《周禮·考工記·鮑人》：「卷而摶之，欲其無迆也。」鄭注引鄭司農曰：「無迆，謂革不韗。」釋文：「韗音虧，又許皮反。」孫貽讓正義：「『韗』字唐以前字書未見，《類篇·韋部》始有此字，云：『柔革平均也。』案：釋文音虧，疑即『虧』之俗。《小爾雅·廣言》云：『虧，損也。』不虧，蓋謂革不縮而減損，則卷之無迆邪不正之患。《類篇》蓋本此注而失其義。」

［二六二］陳校：「『氏』，別本《説文》作『姓』。」方校：「案：毛本誤『姓』。段氏據此及宋小字本校正。」

［二六三］明州本「佹」字作「佹」。朱校：「宋本誤『佹』。」按：潭州本、毛鈔、錢鈔俱作「佹」。

［二六四］陳校：「『似』一作『欲』。」按：《列子·力命》：「佹佹成者，肖成也，初非成也。」張湛注：「佹佹，幾欲之皃。」似當作「欲」字。

［二六五］陳校：「《廣雅》从攴，音插。」姚校：「鈕云：『支宜改从欠。』」

［二六六］方校：「案：《説文》『柬』作『桌』，今據正。」

［二六七］姚校：「余校『皃』上有『之』字。」按：有「之」字與《説文》合。

[二六八] 朱校：「宋本此字曼滅，似不作『鹿』旁。」按：明州本注「𪋆」字作「𤢓」。錢校、龐校同。錢鈔注作「轉」。李校：「《玉篇》：『𤢓，𪋆也。』」按：鄭康成曰云云見《禮記・内則》鄭注。「𪋆」字作「𣨼」。釋文：「𣨼，於僞反。益州人取鹿殺而埋之地中，令臭乃出食之，名曰鹿𣨼是也。」

[二六九] 明州本、毛鈔、錢鈔「㞮」字作「㞯」。龐校、朱校、錢校同。姚校：「宋本作『㞯』，从夂，是。下『峗』字注同。」方校：「案：『㞮』當作『㞯』，方與人在山上之義合。《類篇》作『𡵂』，亦誤。」

[二七〇] 馬校：「『山』，宋誤，局作『西』。」

[二七一] 明州本、毛鈔、錢鈔注「㞮」字作「㞯」。龐校、朱校同。

[二七二] 明州本、潭州本、錢鈔注「䣀」字作「𠨬」。龐校、朱校、錢校同。方校：「案：《在宥篇》郭音危，見《釋文》。『䣀』當从《類篇》作『𠨬』。」姚校：「宋本『䣀』作『𠨬』，是。」

[二七三] 馬校注「皃」作「也」，云：「局作『皃』。」按：《莊子・繕性》：「危然處其所而反其性。」釋文：「危，司馬本作『恑』，云：『獨立皃。』」當從局本作「皃」。

六脂

[一] 方校：「案：『秖』譌『祇』，據《類篇》及本文正。」按：潭州本、錢鈔注作「秖」。

[二] 明州本、錢鈔注「有」字作「名」。龐校同。

[三] 李校：「《爾雅》：『馬蒼白雜毛騅。』」方校：「案：《類篇》、《韻會》引同。《爾雅・釋畜》及《廣韻》『黑』作『白』。」

[四] 方校：「案：《廣雅・釋獸》『鼪』作『䶈』。《埤雅》引與此同。又《方言》八『宛野謂鼠爲䶈』，注：『宛、新野，今皆在南陽。』」

[五] 方校：「汪氏云：《老子釋文》作『棁』，河上作『銳』。」按：《老子》見第九章，釋文：「揣，初委反，又丁果反、志瑞反。顧云：治也。簡文章㯹反。棁，音銳。棁字音菟奪反，又徒活反。何上作『銳』。」

[六] 明州本、錢鈔注「陳」下無「也」字。龐校、朱校同。姚校：「宋本『陳』下無『也』字。」毛鈔「也」字白塗。按：有「也」字與《説文》合。

[七] 方校：「案：『三』譌『二』，據《説文》正。」按：顧氏重刊本已改。

[八] 方校：「案：《類篇》『芇』作『帀』。」李校：「《隸釋》載石經《左傳》『師』作『帀』。」

[九] 明州本「𡩋」字作「寁」。朱校、錢校同。姚校：「宋本作『寁』。」

[一〇] 方校：「案：『罒』當从《説文》作『四』。」按：明州本、錢鈔注「罒」字正作「四」。龐校同。

[一一] 方校：「案：《博物志》三云：『海上有艸焉，名薛。其實食之如大麥。』此云『生扶海洲上』，豈今本誤奪耶？」按：方校是。《齊民要術》卷十、《續漢書・郡國志》廣陵郡劉昭注引《博物記》、《御覽》卷八百三十七、九百八十六、九百九十四、《重修政和證類本草》卷三引並作「扶海洲上有草焉」。

[一二] 明州本、毛鈔、錢鈔「𧘹」字作「衰」。龐校、朱校、錢校同。陳校：「『衰』中从冄，下同。」姚校：「宋本作『衰』。」影宋本同。段云『下諸从衰字偏旁皆然』，是。余云：『凡从此者並同。』韓校同。」方校：「案：『𧘹』當从宋本作『衰』。」

[一三] 方校：「案：『𢍰』當从《類篇》作『𢍱』。」按：明州本、毛鈔、錢鈔「𢍰」字正作「𢍱」。龐校、朱校、錢校同。

[一四] 明州本、錢鈔注「𥦗」字作「寑」。龐校、朱校同。姚校：「宋本注『𥦗』字作『寑』，从宀。」毛本作「衰」。

[一五] 明州本注「椽」作「掾」。朱校：「宋誤『掾』。」按：潭州本、毛鈔、錢鈔均作「椽」，不誤。

[一六] 明州本、毛鈔、錢鈔「夊」字作「夂」。龐校、朱校同。姚校：「宋本作『夂』。」

[一七] 陳校：「『魹』疑作『魨』。」按：陳校非。方校：「案：王本《廣雅・釋魚疏證》云：『曹憲𩶛音河。各本奪去「鮧、鮔」下「𩶛」字，音内「河」字遂誤入正文，句末又奪「也」字，與下文「魹、魧、鱅，魹也」混爲一條，當據《玉篇》訂正。』此亦沿舊本之誤。」

［一八］明州本、毛鈔、錢鈔注「首」字作「手」。龐校、朱校同。方校：「案：卷四《東山經》『蠥蚔』作『蠥姪』，郭注龍蛭二音。疑『姪』、『蛭』互譌也。此作『蚔』音鴟，非。宋本『首』作『手』，亦誤。」馬校：「『手』，宋誤，局作『首』。」姚校：「『首』，宋本作『手』。韓校同。」按：潭州本作「首」。

［一九］明州本、潭州本、毛鈔、錢鈔「昏」字作「昏」。陸校、馬校、龐校、朱校、錢校同。姚校：「宋本作『昏』，从目，是。影宋本同。呂云：『五支中匙字下眂字。』」方校：「案：『昏』譌从日，據宋本及《類篇》正。」

［二〇］姚校：「余云：『就，初印本作就，今正。』」顧校同。按：《詩·邶風·北門》：「我出自外，室人交徧摧我。」釋文：「摧，《韓詩》作『誰』。」《廣雅·釋詁三》：「誰，就也。」諸家所校是。下視隹切「誰」字注仍作「就也」。是所改有未盡者。當正。

［二一］方校：「案：小徐本及《類篇》與此同。段氏从大徐本作『屍』。」

［二二］方校：「案：『榅』當从《類篇》作『搵』。」按：明州本、毛鈔、錢鈔注「榅」字正作「搵」。衛校、陸校、龐校、朱校、錢校同。姚校：「宋本『榅』作『搵』，从扌。段云：『榅宜作搵。』」

［二三］方校：「案：『肺』譌『胇』，據《類篇》及《春官·大祝》正。」按：明州本注「胇」字正作「肺」。陸校、龐校、朱校、錢校同。姚校：「宋本『胇』作『肺』。段云：『胇宜作肺。』」

［二四］按：下宣隹切「浽」字注云：「浽溦，小雨。」「溦」原作「微」，方氏據《類篇》校改作「溦」。此爲連語，小字上可增「浽溦」二字。

［二五］方校：「案：『北』譌『比』，據《説文》正。」按：明州本、毛鈔、錢鈔注「比」字正作「北」。衛校、龐校、朱校、錢校同。姚校：「宋本『比』作『北』，是。余校同。」

［二六］明州本、錢鈔注「姊」字作「姉」。龐校、朱校同。姚校：「宋本『姊』作『姉』。」

［二七］方校：「案：《説文》『造』作『作』，《類篇》同。」姚校：「余校『造』作『作』。」

［二八］陳校：「《説文》、《玉篇》並作『秀』。」姚校：「余校『莠』作『秀』。」方校：「案：二徐本『莠』作『秀』。《廣韻》、《類篇》

竝與此同。」

［二九］明州本、錢鈔注「也」字作「皃」。龐校、朱校同。

［三〇］明州本、潭州本、毛鈔、錢鈔注「十」下有「一」字。龐校、朱校同。姚校：「呂云：『檢文有二十一。按：當增。』」

［三一］明州本、毛鈔、錢鈔「帷」字作「帷」。陸校、馬校、龐校、朱校、錢校同。方校：「案：《説文》作『帷』，宋本同。今據正。」姚校：「宋本作『帷』。韓校同。段云：『宜作帷，𠂹古文虫字。』」

［三二］方校：「案：《類篇》『況』作『汎』，誤。」

［三三］方校：「案：『薑』譌从畺，據《説文》正。前儒隹紐注亦誤。」

［三四］明州本、毛鈔、錢鈔「夂」字作「夊」。陸校、馬校、龐校、朱校同。

［三五］李校注「祭」下補「神」字。曰：「按：《儀禮·郊特牲饋食禮》：『祝命挼祭。』鄭注：『挼祭，祭神食也。』引《周禮》曰：『既祭則藏其墮。墮與挼讀同耳。』此本書所據，則『隋』當作『墮』字。『神』亦依鄭注補。」

［三六］方校：「案：《類篇》『雯』作『雯』，亦誤。」

［三七］方校：「案：『溦』譌从彳，據《類篇》正。」

［三八］明州本、潭州本「赼」字作「赼」。錢鈔同。朱校、錢校同。姚校：「宋本『赼』作『赼』，从朿。」

［三九］明州本、潭州本、毛鈔、錢鈔注「倉」字作「蒼」。龐校、朱校、錢校同。方校：「宋本及《説文》、《類篇》並从艸作『蒼』，段氏據此校正。」姚校：「宋本作『蒼』。」

［四〇］李校：「《易》：『其行次且。』釋文：『次，本亦作趑，或作欧，《説文》及鄭作赼，同七私反，注下同。馬云：却行不前也。《説文》：倉卒也。』疑『次且』正字重文。釋文：『且，本亦作趄。』與趑趄相稱也。誤移在此。」

［四一］陳校「覛」从朿。下同。方校：「案：二徐本皆作『覛』，段校改『覛』。」

［四二］明州本、錢鈔注「盜」字作「盜」。龐校同。

［四三］陳校：「『㡿』又同『覛』。」方校：「案：《篇》、《韻》作『屎』，與『覛』字義訓同。《類篇》从朿作『㡿』，則并失其音矣。」

［四四］　明州本、潭州本、毛鈔、錢鈔注「雅」字作「睢」。汪校、陸校、龐校、朱校、錢校同。方校：「案：『睢』譌『雅』，據宋本及《類篇》正。」姚校：「宋本『雅』作『睢』，是。余校、韓校皆同。」

［四五］　明州本、潭州本、錢鈔注「蝎」字作「蝎」。錢校同。姚校：「宋本『蝎』作『蝎』。」

［四六］　明州本、毛鈔、錢鈔注「妓」字作「妓」。龐校：「作『妓』誤。」朱校同。按：前《支韻》才支切：「妛，妛妓，女皃。」又七支切：「妛，妛妓，婦人不媚貌。」「妛妓」，連語。疑此「妓」「妛」當互乙。

［四七］　明州本、毛鈔、錢鈔「齋」字作「齋」。龐校、朱校同。方校：「案：《説文》本字作『齋』，或體从次作『粢』。則當以『齋』爲正。『齋』上『齊』下『禾』，宋本不誤。此省筆作『齋』，非。」馬校：「局作『齋』，少一畫。」姚校：「宋本作『齋』，是。影宋本同。案：注文亦當照改。」按：《説文》見《禾部》，「齋」爲正體，「粢」爲或體。方以「粢」爲《説文》或體，似非。

［四八］　毛鈔「黍」字作「黍」。馬校：「宋誤，不成字，局作『黍』。」

［四九］　潭州本注「穧」字作「穧」，誤。明州本、毛鈔、錢鈔不誤。

［五〇］　姚校：「吕云：『據下茨紐下「霎、靧：雨聲。或作靧，亦書作霋」，則此靧宜作霋，注从資宜作霋。』」

［五一］　李校：「《甘氏星經》：『太白上公妻媰后南斗。』脱去『妻』字，便似女媰爲太白之别稱。」方校：「案：《星經》及《類篇》『太白』下有『妻』字，今據補。」

［五二］　方校：「案：『蠋』譌『蝎』，據《類篇》正。」姚校：「宋本『蝎』作『蝎』。」

［五三］　陳校：「『山』當作『國』。」方校：「案：此見七卷《海外西經》。鵹，郭音次。」

［五四］　李校：「《説文》：『崒，危高也。』又：《莊子・齊物論》：『畏佳。』李頤云：『畏佳，山阜貌。』《甘泉賦》：『摧嶉而威觀。』《詩》：『山冢崒崩。』《廣韻》：『陮，頹皃。』雖皆有山義，而《集韻》並云與『崔』同，恐肊爲牽合耳。」

［五五］　方校：「案：《類篇》『檇』作『欈』，誤。」

［五六］　方校：「案：『擣』譌从木。據《説文》正。」按：明州本、錢鈔注「檮」字正作「擣」。龐校、朱校、錢校同。姚校：「宋本作『擣』，从扌，是。」

［五七］　方校：「案：『藜』譌『蔾』，據小徐及《類篇》正。段氏从大徐本作『黎』。」按：明州本、毛鈔、錢鈔注「蔾」字作「蔾」。馬校、龐校、朱校、錢校同。姚校：「宋本『蔾』作『蔾』，是。」

［五八］　明州本、潭州本、毛鈔、錢鈔「睡」作「腄」。陸校、馬校、龐校、朱校、錢校同。方校：「案：『腄』譌从目，據宋本及《説文》正。」姚校：「宋本『睡』作『腄』，从月，是。影宋本同。」

［五九］　方校：「案：《玉篇》从氏作『秖』，誤。」

［六〇］　顧氏重刊本此作「諦」，絺紐作「謻」。明州本作「謻」。錢鈔同。龐校、朱校、錢校同。姚校：「宋本作『謻』，是。絺紐下同。」方絺紐下校：「案：舊本《方言》『謻』作『誺』，盧氏仍之，謂戴東原本改『謻』非是。此『謻』作『謻』，《類篇》又作『謻』，竝誤。」按：卷子本《玉篇・言部》作「誺」，與宋本《方言》十合。此與宋本《玉篇》合，疑是。

［六一］　方校：「案：『霑』譌『霑』，據《廣雅・釋天》正。」按：錢鈔正作「霑」。

［六二］　明州本、潭州本、毛鈔、錢鈔注「从」字作「小」。馬校、龐校、朱校、錢校同。方校：「案：《説文》『从』作『小』，宋本同。今據正。又二徐本『陼』竝作『渚』。」姚校：「宋本从『陼』作『小陼』，余校作『小渚』，韓校作『小陼』。」

［六三］　方校：「案：『著』大徐本同，段注从小徐本作『箸』。」按：明州本、潭州本、錢鈔注「上」字作「止」。馬校、龐校、朱校同。姚校：「余校改『止』。作『止』與《説文》合。」

［六四］　明州本、潭州本、毛鈔、錢鈔注「日」字作「曰」。汪校、顧校、陳校、陸校、馬校、龐校、朱校、錢校同。方校：「案：『曰』譌『日』，據宋本及《類篇》正。」

［六五］　明州本、毛鈔、錢鈔「岻」字作「岻」。按：作「岻」是。《玉篇・山部》：「岻，直夷切，山名。」《廣韻・脂韻》直尼切同。

［六六］　明州本、毛鈔「謘」字作「謘」。汪校、錢校同。方校：「案：宋本『謘』作『謘』，葢从大徐本。此與小徐本同。」

［六七］　李校：「『遲』，《説文》或从𡰥。《廣韻》以『遟』爲同『遲』。『趆』，《説文》趨也。『邌』，《説文》徐也。《集韻》乃妄合之。」

［六八］　明州本、毛鈔、錢鈔注「遲遲」作「遲遲」。馬校：「注第二『遲』字局作『遟』，則與或作複矣，非。」姚校：「行道遲遲，宋

本『遟』作『遲』。按當從宋本作『遟遲』。」

［六九］方校：「案：當从《廣雅・釋訓》及《類篇》作『徲徲』。」按：明州本、錢鈔「徲徲」正作「徲徲」。龐校、朱校、錢校同。姚校：「宋本『徲』作『徲』。」

［七〇］陳校：「『久』疑『夂』字之譌。展几切。」按：《説文・彳部》：「徲，久也。讀若遲。」陳説以未當。

［七一］《類篇・艸部》作「水衣」，無「石」字。按：《説文・艸部》：「菭，水衣。」《廣韻・脂韻》陳尼切：「菭，水衣也。又徒來切。」本書《咍韻》堂來切「菭」字注亦無「石」字，當是。此「石」字蓋衍文也。

［七二］明州本、錢鈔「芪」字作「茋」。龐校、朱校同。按：依注文當以「茋」字爲是。

［七三］方校：「案：《説文》作『蚳』、『蝨』、『䗩』，今據正。《類篇》『蝨』亦譌从氏。」按：明州本、潭州本、錢鈔「蚳」字作「蚳」。龐校、朱校、錢校同。又明州本、錢鈔「䗩」作「䗩」。姚校：「宋本作『䗩』。」

［七四］明州本、毛鈔、錢鈔注「胝」字作「貾」。衛校、陸校、馬校、龐校、朱校、錢校同。姚校：「宋本『胝』作『貾』，从貝，是。韓校同。」方校：「案：『貾』譌从月。據宋本及《爾雅・釋魚》正。」

［七五］明州本、毛鈔、錢鈔注「䅩」字作「穀」。衛校、陳校、陸校、馬校、龐校、朱校同。方校：「案：『穀』譌『䅩』，據宋本及《後漢書・郡國志》正。」按：《續漢書・郡國志》汝南郡梁國穀熟有新城、有邳亭。劉昭注：「古邳國。」此「祁」字乃「邳」字之誤。此字及注當刪。姚校：「宋本『䅩』作『穀』，从禾，是。影宋本、余校、韓校皆同。」

［七六］明州本、毛鈔、錢鈔注「軒」字作「軒」。馬校：「局誤『軒』从千。」方校：「案：『軒』譌从千，據宋本及《前漢書・地理志》正。」

［七七］方校：「嚴氏云：『此與蒸夷切一字也，而彼从氐，此从氏，何故？依《説文》則从氐。』珪案：《類篇》蒸夷、陳尼兩音竝作『菭』，則从氏者誤也。」按：方氏所引嚴厚民語實爲段校。

［七八］毛鈔「蝭」字作「蝭」。韓校同。方校：「案：宋本作『蝭』，《類篇》與此同。」馬校：「大字作『蝭』，與注不合，宋誤也。局刻俱作『蝭』。」

［七九］方校：「案：《廣雅・釋詁三》：『蹲跠、㞕、启、肆，踞也。』不以『跠』爲『㞕』之或體。」

［八〇］馬校：「『躍』當爲『跱』，宋亦誤。」按：「躍」與陳尼切音相去太遠，馬校有理。陸校亦作「跱」。

［八一］明州本、毛鈔、錢鈔注「拄」字作「柱」。衛校、陸校、馬校、龐校、朱校、錢校同。方校：「案：『柱』譌从手，據宋本及《類篇》正。」姚校：「宋本『拄』作『柱』，是。影宋本、韓校同。」

［八二］明州本注「頟」字作「頟」。馬校、龐校、朱校、錢校同。姚校：「『頟』宋本作『頟』，从各。」

［八三］明州本、潭州本、錢鈔「魋」字作「魋」。

［八四］明州本注「敝」字作「蔽」。龐校、錢校同。姚校：「宋本『敝』作『蔽』。」

［八五］李校：「犛，《莊子》犛牛，李音狸。本書所據。當依《類篇》作『犛』。」

［八六］陳校：「『黧』同『鵹』。」馬校：「凡良脂切皆从犂，此从利，宋亦誤。《類篇》作『鵹』。」按：潭州本此字亦从利。

［八七］明州本、錢鈔注「達」字作「逵」。毛鈔白塗改「達」。龐校、朱校、錢校同。陳校：「『達』，《類篇》作『逵』，《廣韻》亦作『逵』。」李校：「本《蜀志》。《廣韻》引《字書》。」方校：「案：『逵』譌『達』。據《廣韻》、《類篇》正。」姚校：「宋本『達』作『逵』。」

［八八］毛本「務」字作「務」。《玉篇・刀部》：「務，力咨切。剥也。」字正作「務」。

［八九］陳校：「『夋』當作『夌』，从文，見《之韻》陵之切。」方校：「案：『夋』譌『夌』，據《説文》正。」

［九〇］方校：「案：『䰜』下譌从桼，據《類篇》正。」按：明州本、錢鈔正作「䰜」。龐校、朱校、錢校同。姚校：「宋本作『䰜』，从黍。」

［九一］方校：「案：『累』當从《類篇》及本文作『絫』。」馬校：「『累』乃『絫』之隸俗，宋亦誤。」

［九二］《説文》見《水部》，「管」字作「館」，「一」字作「或」。段校「管」改「館」。陸校、馬校同。方校：「案：二徐本『管』竝作『館』。」

［九三］明州本、潭州本、毛鈔、錢鈔注「於」字作「于」。龐校、朱校、錢校同。姚校：「宋本作『于』。」

［九四］　李校：「《國語》韋注引《帝繫》曰：『黄帝取西陵氏之子曰纍祖。』是通字當作『纍』，不當作『嫘』。宋景文曰：『纍或爲嫘。』」按：毛鈔作「嫘」。姚校：「韓校作『嫘』。」錢校同。《廣韻》：「嫘，嫘祖，黄帝妃。亦作『嫘』。」

［九五］　陳校：「『累』，《類篇》作『㹎』，《玉篇》亦作『㹎』。」方校：「案：『㹎』譌『累』，據《類篇》正。」

［九六］　陳校：「『之』作『也』。」馬校：「『之』字疑誤，《類篇》作『也』。」方校同。

［九七］　方校：「案：《廣雅・釋詁一》作『瞮』。」

［九八］　陳校：「从回。」李校：「《漢書・梁孝王傳》：『畾尊。』師古曰：『古雷字。』其『畾』字爲《木部》『櫑』字或體。『畾』爲『靁』之古文。《説文》説可證。」方校：「案：『畾』譌五田，據盧回切正。《類篇》與此同誤。」

［九九］　明州本、潭州本、毛鈔注「甌」字作「瓯」。陸校、馬校、朱校、錢校同。錢鈔作「匸」。龐校：「模糊。」陳校：「从㠯，同『瓯』。」方校：「案：『甌』譌从區。據《廣雅・釋室》正。宋本及《類篇》作『瓯』，亦誤。」按：當作《廣雅・釋宫》。下同。姚校：「宋本作『㠯』。」按：毛鈔作「瓯」，姚校不知何據。韓校同。影宋本作「瓯」。

［一〇〇］　方校：「案：『昵』譌从女，據小徐本正。」

［一〇一］　注「躨」字毛鈔作「躨」，錢鈔作「蹟」。按：《文選・王文考〈魯靈光殿賦〉》：「虯龍騰驤以蜿蟺，頷若動而躨跜。」李注：「李尤《辟雍賦》曰：『萬騎躨跜以攫挐。』躨跜，動貌。跜音尼。」字當作「躨」。

［一〇二］　潭州本、錢鈔注「旎」字作「旎」，是。《文選・揚子雲〈甘泉賦〉》：「騰清霄而軼浮景兮，夫何旟旐郅偈之旖旎也。」李注引服虔曰：「旖旎，從風柔弱貌。」當據正。

［一〇三］　按：「知」在《支韻》。「夷」，《説文》見《大部》，絃音以脂切。此在《脂韻》，當改「知」作「脂」。明州本、潭州本並誤。

［一〇四］　明州本、毛鈔、錢鈔「𤰇」、「畁」作「𡙇」、「𡙈」。龐校、朱校、錢校同。方校：「案：『𡙇』、『𡙈』譌『𤰇』、『畁』，據宋本及《類篇》正。」姚校：「宋本作『𡙇』、『𡙈』，从二臾。韓校同。」

［一〇五］　明州本、潭州本、毛鈔「夤」、「𡖾」作「夤」、「𡖾」。龐校、朱校同。方校：「案：《説文・夕部》作『夤』、『𡖾』，當據

正。本書夷真切『夤』从隸作『寅』。」姚校：「宋本作『夤』、『𡖾』。影宋本同。」

［一〇六］　方校：「案：《釋言》『㥯』止作『夷』，陸氏音義無異文。」

［一〇七］　方校：「案：『眄』譌『昅』，據《類篇》正。」按：明州本注「昅」字正作「眄」。龐校、朱校、錢校同。姚校：「宋本『昅』作『眄』。」

［一〇八］　方校：「案：當从《説文》作『彝』、『𢑴』、『𦃃』。字見《糸部》。」

［一〇九］　明州本、毛鈔、錢鈔注「䋾」字作「𦃃」。龐校、朱校、錢校同。姚校：「宋本作『𦃃』。」

［一一〇］　明州本、毛鈔、錢鈔注「薾」字作「薾」。

［一一一］　明州本、潭州本、毛鈔、錢鈔注「曰」字作「白」。衛校、龐校、朱校、錢校同。方校：「案：『白』譌『曰』，據宋本及《釋艸》郭注正。」姚校：「宋本作『白』。韓校同。」

［一一二］　明州本、錢鈔注「瓜」作「爪」。龐校、朱校、錢校同。姚校：「宋本『瓜』作『爪』。」按：「爪」字誤。菟瓜蓋瓜屬。潭州本作「瓜」，不誤。

［一一三］　李校：「『鵜鴮』，郭注《爾雅》之『夷由』，《玉篇》作『鴮』。」陳校：「《廣韻》作『鴺』，誤。」

［一一四］　李校：「『蛦』，《廣韻》作『蟻』，誤。即此蛦螧，亦無此蟲名。《爾雅》注『馬蛦』，即《博雅》之『馬蚿』，與此注不合。《字典》引《集韻》作『螗蛦』，蓋本郭注，或是。惜無善本以校之。爲之一恨。」

［一一五］　姚校：「余校『蝸』下有『牛』字。」按：《爾雅・釋魚》：「蚹蠃，螔蝓。」郭注：「即蝸牛也。」余校或是。

［一一六］　按：《玉篇・火部》：「烓，弋支切，火燒皃。」此「火」下似脱「燒」字。

［一一七］　姚校：「余校作『綱』，从山。鈕云：『綱疑作綱。』吕云：『幹維焉繫。注云：維，綱葉。疑不誤。』」按：《楚辭・天問》王注作「綱」。吕所據本似誤。

［一一八］　明州本、毛鈔、錢鈔「遻」、「遻」作「遻」、「遻」。龐校、朱校、錢校同。方校：「案：宋本及《類篇》作『遻』、『遻』，今據正。」姚校：「宋本作『遻』、『遻』。按，注亦當照改。」

［一一九］《玉篇·艸部》：「蒰，菜名，似韭而黄。」《廣韻》同。均無「烏」字。

［一二〇］方校：「案：卷二《西山經》及後卷三《北山經》渾夕、彭毗兩山竝作『肥遺』。劉昭注《郡國志》引同。又《經》『泰』作『太』，『旱』上有『大』字。」

［一二一］按：《詩·邶風·北門》：「我入自外，室人交徧催我。」釋文：「催，《韓詩》作『讙』，音千隹、子隹二反，就也。」編者誤「子」爲「于」，故置於此。前韻遵爲切已收此字。此當删。

［一二二］方校：「案：《説文》『㢠』作『㡳』。」

［一二三］方校：「案：《釋詁一》及《類篇》『忔』作『忾』。注『皃』，《類篇》同，當从《廣雅》作『也』。」按：明州本「忔」字正作「忾」。龐校、朱校、錢校同。姚校：「『忔』宋本作『忾』，从气。」

［一二四］方校：「案：二徐本及《類篇》與此同。段氏改下『姿』字爲『恣』。」

［一二五］方校：「案：古文『伊』从古文『[illegible]』，古文『[illegible]』作『[illegible]』，字當作『[illegible]』。參隸體當作『[illegible]』。此作『[illegible]』，《類篇》作『[illegible]』，竝誤。」

［一二六］方校：「案：注『侇』譌『侇』，據《爾雅·釋詁》正。」按：明州本、錢鈔正作「侇」。龐校、朱校、錢校同。姚校：「宋本『侇』作『侇』。」

［一二七］方校：「案：『黟』音伊，字本作『黟』，見《前漢書·地理志》師古注。」馬校：「案：黟，漢屬丹陽郡，今徽州府黟縣是也。《説文》、《水經注》皆作黟。顏注《漢書·地理志》云：黟音伊，字本作黟，其字同。顏不辨黟之譌字，《廣韻》遂有『黟，縣名』之説。黟又音伊而譌，俗也。」

［一二八］方校：「案：《類篇》同。各本《説文》『附』譌『得』，當以此正之。」

［一二九］衛校：「《北山經》作『單』。」陳校同。方校：「案：卷三《北山經》『罝』作『單』。《類篇》同。今正。」

［一三〇］李校：「『虮』《爾雅》作『肌』。此作『虮』，从《玉篇》也。」方校：「案：《爾雅·釋蟲》作『密肌』，陸書無異文。《類篇》『蜜』亦止作『密』。」

［一三一］方校：「『龜』當作『龜』。」姚校：「宋本『龜』作『龜』。」

［一三二］余校：「『育』作『肓』。」段校、陸校同。方校：「案：廣育之『育』二徐本及《類篇》竝作『肓』。」

［一三三］明州本、錢鈔「蜼」字作「蜼」。龐校、朱校同。姚校：「『蜼』宋本作『蜼』。」

［一三四］明州本、潭州本、錢鈔注「矐」字作「矔」。余校、汪校、陳校、陸校、龐校、朱校、錢校同。陳校：「『權』與『顴』體通，又見《微韻》琴威切、《諄韻》區倫切。」方校：「案：『矔』譌从霍，據宋本正。《類篇》作『權』，『權』、『矔』古通。」馬校：「『矔』局誤『矐』。下渠龜切作『權』，《類篇》亦作『權』。」

［一三五］汪校「鰍」字作「鰍」。

［一三六］方校：「案：《説文》作『耆』，从老省，旨聲。此不省，非是。」

［一三七］方校：「案：此見王氏《廣雅·釋詁一》，今本誤奪。」按：王念孫《廣雅·釋詁一》疏證：「覩，《玉篇》、《廣韻》音者，曹憲音時。各本『覩』譌作『覩』，郎奎金本又改音内『時』字爲『睹』字。其謬滋甚。惟影宋本作『覩』。《玉篇》、《廣韻》竝云：『覩，視也。』《集韻》、《類篇》『覩』又音時，引《廣雅》『覩，視也』。」

［一三八］李校：「帆，《玉篇》無之。案：『伊帆』當是『伊祁』之譌。『伊祁』見索隱。即《禮·郊特牲》之『伊耆』。《史記·周本紀》伐耆滅之是也。耆，徐廣曰：『一作阢。』故此以爲重文，譌『祁』爲『帆』，不能别擇，可謂昧古。」

［一三九］段校：「『阢』當作『阢』。」陸校、馬校同。方校：「案：《類篇》『阢』同『阢』。」

［一四〇］明州本、毛鈔、錢鈔注「菜」字下有「也」字。馬校、龐校、朱校同。方校：「案：『菜』下奪『也』字，據宋本及《説文》補。」姚校：「宋本『菜』下有『也』字。」韓校同。」

［一四一］明州本、毛鈔、錢鈔注「拸」字作「柊」。龐校、朱校、錢校同。又明州本、潭州本注「推」字作「椎」。毛鈔、錢鈔同。衛校、龐校、朱校、錢校同。方校：「案：『柊』『椎』竝譌从扌，據《廣雅·釋器下》正。宋本及《類篇》不誤。」姚校：「宋本『拸』作『柊』，从木；『推』作『椎』，从木。余校、韓校皆同。呂云：《博雅》作『椎』，从木。」

［一四二］《説文》見《邑部》，「所」上有「之」字。余校「所」上有「之」字。龐校同。

〔一四三〕　方校：「案：『鵊鳩』之『鵊』，當从《類篇》及正文改『鵊』，然《方言》八只作『鵊』。」按：明州本、錢鈔注「鵊」字作「鵊」。韓校、龐校、錢校同。姚校：「宋本『鵊』作『鵊』，是。」

〔一四四〕　明州本「䰈」字作「䰈」。龐校：「模糊，似并作『䰈』。」方校：「案：『𩠐』中从〓，下从夂，此譌从夊，據《説文》正。」

姚校：「宋本『䰈』作『𩠐』，从頁、几。从此者竝同。」

〔一四五〕　明州本、毛鈔、錢鈔注「聂」字作「聂」。龐校、朱校、錢校同。姚校：「宋本『聂』作『聂』，从攴。」

〔一四六〕　方校：「案：卷五《中山經》止作『𤛛』。此本《爾雅・釋畜》『犩牛』下郭注。」

〔一四七〕　衛校：「『禮』字當云『周制』。」方校：「案：『禮』字《説文》作『周制』二字。《類篇》引作《書》。」

〔一四八〕　明州本、錢鈔「頒」字作「頒」。龐校、朱校、錢校同。潭州本、毛鈔作「頒」。韓校同。方校：「案：『頒』譌『頒』，據宋本及《類篇》正。」姚校：「宋本作『頒』，从月，是。韓校作『頒』，誤少一畫。」

〔一四九〕　方校：「案：『隻』下譌从矢，據《廣雅・釋言》正。」

〔一五〇〕　按：前渠惟切「鵊」字注引《方言》第八：「鳩，秦漢之間其小者謂之鵊鳩。」疑此「鳥」字當作「鳩」。

〔一五一〕　明州本、毛鈔、錢鈔「衰」字作「衰」，顧校、龐校、朱校、錢校同。姚校：「宋本作『衰』，是。影宋本同。」潭州本作「衰」，字略異。

〔一五二〕　余校「嚟」作「㖇」，注同。方校：「案：《類篇》作『嚟』，非。此字从比得聲也。」

〔一五三〕　方校：「案：『𠑊』譌『𠑊』，據《類篇》正。」按：明州本、毛鈔、錢鈔注「𠑊」字正作「𠑊」。陸校、龐校、朱校同。

姚校：「宋本『𠑊』作『𠑊』，从兀，是。余校同。」

〔一五四〕　方校：「案：『面』譌『而』。據《類篇》正。」按：明州本、潭州本、毛鈔、錢鈔注「而」字正作「面」。汪校、陸校、龐校、朱校、錢校同。姚校：「宋本『而』作『面』，是。」

〔一五五〕　方校：「案：《説文》『須』下有『髮』字，《廣韻》、《類篇》引同，今據增。」

〔一五六〕　明州本注「𩮜」字作「𩮜」。龐校、錢校同。姚校：「宋本『𩮜』作『𩮜』，从鼠。余校『被』作『披』，从扌。」

〔一五七〕　李校：「《爾雅釋文》作『坏』，《説文》作『坏』。今《爾雅》本作『坯』，知宋刻已然。《淮南子》『鑿阫而遁』，揚雄《解嘲》作『鑿坏』，蓋『坏』、『阫』通也。」

〔一五八〕　明州本、潭州本、毛鈔、錢鈔「裼」字作「楊」。汪校、龐校、朱校、錢校同。方校：「案：『柔則伾』句見楊子《法言・先知篇》。宋吴本及《類篇》竝作『伾』，李本从土作『坯』，無作『怀』者。『楊』譌作『裼』，據宋本正。」姚校：「宋本作『楊』。」

〔一五九〕　明州本、錢鈔「𠳳」字作「𠳳」。朱校、錢校同。姚校：「宋本作『𠳳』，从己。」

〔一六〇〕　明州本、潭州本、毛鈔、錢鈔「䤨」字作「䤨」。龐校、朱校同。陳校：「《類篇》作『䤨』，从丕。」方校：「案：『䤨』譌从否，據宋本及《類篇》正。」姚校：「宋本作『䤨』。韓校同。」

〔一六一〕　姚校：「余校『批』作『琵』，『後』作『卻』，『把』作『琶』。」明州本注「批」作「枇」。朱校：「宋本誤从木。」

〔一六二〕　明州本、錢鈔「毘」字作「毘」。龐校、朱校同。方校：「案：『毘』當从《類篇》作『毘』，注文不誤。」姚校：「宋本作『毘』，从皿。」

〔一六三〕　明州本、錢鈔注「箄」字作「箄」。龐校同。毛鈔作「箄」。

〔一六四〕　明州本、毛鈔、錢鈔注「名」字作「也」。龐校、朱校、錢校同。方校：「案：《説文》『名』作『也』，宋本及《類篇》同，今據正。」姚校：「宋本『名』作『也』。韓校同。」

〔一六五〕　方校：「案：《類篇》同，《韻會》引作『魓』。」

〔一六六〕　方校：「案：卷二《西山經》文，舊作『鯊』，非，經訓堂本辨之甚詳，而正文仍作『鯊魮』，殆偶失改正也。」

〔一六七〕　方校：「案：《廣韻》：『鈚，犁館別名。』『館』係『錧』字之譌。《爾雅・釋樂》：『大磬謂之馨。』注：『馨形似犁錧。』疏引《字林》云：錧，田器也。自江而南呼犁刃爲錧。」

〔一六八〕　方校：「案：『丕』當从《類篇》作『丕』。」按：明州本、潭州本、毛鈔、錢鈔注「丕」字正作「丕」。龐校、朱校、錢校同。姚校：「宋本『丕』作『丕』，是。」

〔一六九〕明州本、潭州本、毛鈔、錢鈔注「爾」下有「雅」字。陳校、龐校、朱校同。方校：「案：『爾』下奪『雅』字，據宋本補。『鰤鯚』之『鯚』當从《釋魚》作『鯞』。」姚校：「宋本『爾』下有『雅』字，是。韓校同。余校注下『鯚』字作『鯞』。呂云：『爾下宜增雅字。』」

〔一七〇〕明州本、毛鈔、錢鈔注「鵰」字作「雕」。龐校、朱校同。方校：「案：卷二《西山經》及《類篇》同。宋本『鵰』作『雕』。『雕』、『鵰』古通用。」姚校：「宋本『鵰』作『雕』，从隹。韓校同。」

〔一七一〕按：《爾雅·釋魚》：「魾，大鱯。」《説文·魚部》：「魾，大鱯也。」疑此注「鱯」上有「大」字。

〔一七二〕按：《方言》第八「朝鮮」下有「之間」二字。

〔一七三〕明州本、潭州本、毛鈔、錢鈔「罯」字作「罯」。龐校、朱校、錢校同。方校：「案：『罯』譌从四，據宋本正。《類篇》作『罙』，亦誤。」姚校：「宋本作『罯』，是。」

〔一七四〕方校：「案：『兎』當从《類篇》作『兔』。」按：明州本、錢鈔注「罔」作「同」。朱校：「宋本誤『同』。」

〔一七五〕明州本、毛鈔注「媢」字作「媚」。龐校、朱校、錢校同。姚校：「宋本作『媚』。」

〔一七六〕方校：「案：『草』當从《説文》作『艸』。」

〔一七七〕明州本、潭州本、毛鈔、錢鈔「猸」字作「猸」。龐校、朱校、錢校同。姚校：「宋本作『猸』。」

〔一七八〕方校：「案：『櫓』當从《説文》作『槅』。」案：明州本、錢鈔注「櫓」字正作「槅」。龐校、朱校同。姚校：「宋本『櫓』作『槅』，是。余校同。」

〔一七九〕按：《説文·竹部》「篃」篆段注：「案：『篃』、『篃』古今字也。」據此，此字當與上「篃」字合爲一條。

〔一八〇〕方校：「案：《釋艸》『欜』从手作『攗』，與此及《類篇》異。『薐』，《爾雅》作『蔆』。釋文：字又作『菱』。本今作『薐』。」按：釋文：「攗，亡悲反，孫居郡反，又居羣反。」此據首音。此字當作「攗」，从麋不从麋。錢大昕《潛研堂答問》云：「《説文》有『攗』無『攗』，當從孫叔然音作『攗』字。凡草木蟲鳥之名，多取雙聲疊韻，『蕨攗』亦雙聲，『攗』字誤。」

〔一八一〕方校：「案：《列子·力命篇》作『墨杘』，此『杘』从水，誤。盧重元注：『墨杘，默詐佯愚之皃。』乃此注所本也。又《方言》十、《廣雅·釋詁二》『墨』皆作『嚜』。」按：明州本、毛鈔、錢鈔注「尿」字正作「杘」。馬校：「『杘』，局誤『尿』。」龐校、朱校、錢校同。姚校：「宋本『尿』作『杘』，从木，是。韓校同。」

〔一八二〕方校：「案：《説文》『遲』重文作『迟』，段氏疑後人因《揚雄傳》而增，故陸氏《尚書釋文》亦不收此字。」李校：「『迟』本《汗簡》，見《尚書》，即季宣所稱梅氏隸古定也。」馬校：「案：《書》『迟任有言』，《盤庚篇》文也。段氏《撰異》曰：『此採用未改《釋文》也。今本《釋文》：遟，直疑反，徐持夷反。蓋衛包改《尚書》之迟作遲。開寶中又改《釋文》，《集韻》據未改本。仙民持夷之音與直疑不同，蓋相傳舊讀，故陸氏兼録之。』」

〔一八三〕明州本、潭州本、毛鈔、錢鈔注「住」字作「任」。陸校、馬校、龐校、朱校、錢校同。方校：「案：注『任』譌『住』，據宋本及《類篇》正。」姚校：「宋本『住』作『任』，是。影宋本、余校皆同。」

〔一八四〕明州本、錢鈔注「雖」字作「雖」。龐校、朱校同。

〔一八五〕明州本、毛鈔、錢鈔此字上有圈。馬校、龐校、朱校同。方校：「此上失圈隔，據宋本補。」姚校：「宋本此字上有圈。余云：『婁上當加圈。』韓校同。」

〔一八六〕方校：「案：『嫛』當从《類篇》作『婁』。」

七之

〔一〕明州本、毛鈔「㞢」字作「㞢」。龐校、朱校同。錢鈔作「㞢」。姚校：「宋本作『㞢』。余校作『㞢』。」

〔二〕潭州本注「適」字作「適」，誤。明州本、毛鈔、錢鈔作「適」。

〔三〕明州本、毛鈔、錢鈔「菑」作「菑」。龐校、朱校同。余校：「『甾』竝改『甾』。」方校：「案：『菑』中从一雝川，此訛从巛，據

《説文》、《類篇》正。」

[四]　明州本、錢鈔「峀」字作「峀」。龐校、朱校、錢校同。方校：「案：據《説文》當作『㞢』，或从《類篇》作『峀』，亦通。此下从田，上从巛，與宋本作『峀』竝非。古文『㞢』从丰，亦誤。」按：潭州本作「峀」。姚校：「宋本『峀』作『峀』，从㞢。韓校作『峀』，从㞢。」

[五]　明州本、潭州本、毛鈔、錢鈔注「在」字作「有」。陳校、陸校、馬校、龐校、朱校、錢校同。方校：「案：『有』譌『在』，據《水經・河水注》正。」姚校：「宋本『在』作『有』，是。影宋本、韓校皆同。」

[六]　余校：「『黑』下增『色』字。」方校：「案：『黑』下二徐本有『色』字，今據增。」

[七]　方校：「案：《釋木》作『𣕿』，釋文謂《字林》作『榃』。」

[八]　明州本、毛鈔、錢鈔「䨄」字作「䨄」。朱校同。

[九]　方校：「案：二徐本無『䌵』字。」

[一〇]　明州本、毛鈔、錢鈔注「升」字作「外」。韓校同。方校：「案：宋本『升』作『外』，非。」按：潭州本「升」字作「廾」，即「升」字或體。

[一一]　明州本、毛鈔、錢鈔「㮎」字作「㮎」。馬校：「『㮎』，局作『㮎』。」

[一二]　明州本、毛鈔、錢鈔「沬」作「沬」。陸校同。馬校：「『沬』局从未，誤也。」

[一三]　明州本、毛鈔、錢鈔注「嵛」字作「嵛」。余校、龐校、朱校同。方校：「案：『嵛』上从屮，古『之』字。此與下『𡿭』注作『𡿭』，竝誤。」

[一四]　明州本、潭州本、毛鈔、錢鈔注「爵」字作「嚼」。衛校、陸校、馬校、龐校、朱校、錢校同。方校：「案：『嚼』譌『爵』，據宋本及《爾雅・釋獸》正。」

[一五]　明州本、毛鈔、錢鈔「緰」字作「緰」。龐校、朱校、錢校同。姚校：「宋本作『緰』。」

[一六]　明州本、潭州本、毛鈔、錢鈔「㮎」字作「㮎」。龐校、朱校同。

[一七]　方校：「案：『叉』譌『又』，據《類篇》正。」按：明州本、潭州本、毛鈔、錢鈔注「又」字正作「叉」。顧校、陸校、馬校、龐校、朱校、錢校同。姚校：「宋本作『叉』，是。影宋本同。」

[一八]　明州本、毛鈔、錢鈔「颸」字作「颸」。

[一九]　潭州本「或」字上空一格。明州本、毛鈔、錢鈔俱不空，是。

[二〇]　明州本、毛鈔注「峀」字作「峀」。錢鈔作「峀」。

[二一]　方校：「案：《説文》『栖』作『棲』。『棲』、『栖』音義同。小徐本『棲』下有『於』字。」按：明州本、錢鈔「垣」字作「坦」。朱校：「宋本誤。」潭州本作「垣」。

[二二]　明州本、錢鈔注「持」字作「枿」。龐校、朱校、錢校同。姚校：「宋本『持』作『枿』，从木。」

[二三]　明州本、錢鈔注「未」字作「朱」，是。錢校：「『朱』，初印本作『未』，今正。」

[二四]　明州本、錢鈔「濟」字作「齊」。朱校、錢校同。姚校：「宋本『濟』作『齊』。」按：潭州本作「濟」，與《説文・艸部》「茬」篆注合。

[二五]　明州本、潭州本、毛鈔、錢鈔「㮎」字作「㮎」。汪校、龐校、朱校同。

[二六]　明州本、錢鈔注「鬣」字作「鬣」。龐校、錢校同。陳校：「當從《廣韻》作『奮鬣』。」姚校：「宋本『鬣』作『鬣』，从巤。」

[二七]　明州本、毛鈔、錢鈔注「髡」字作「髡」。韓校、龐校、朱校、錢校同。方校：「案：『髡』當从宋本作『髡』。」姚校：「宋本『髡』作『髡』，从兀。」

[二八]　方校：「案《廣韻》『臑』、『隭』、『檽』、『轜』等字俱从『需』，《類篇》、《韻會》與此同。」

[二九]　明州本、毛鈔、錢鈔注「熟」字作「孰」。龐校、朱校、錢校同。姚校：「宋本『熟』作『孰』。」

[三〇]　方校：「案：『尫』譌从九，據《類篇》正之。」按：明州本、潭州本、毛鈔、錢鈔「尫」字正作「尫」。馬校、龐校、朱校、錢校同。姚校：「宋本作『尫』，从丸，是。韓校同。」

[三一]　姚校：「呂云：『孰，《廣韻》作熟。』」按：毛鈔作「熟」。

［三二］明州本、錢鈔注「檽」字作「格」。龐校、朱校、錢校同。毛鈔作「格」。陸校同。馬校：「『格』，局誤『檽』。」方校：「案：《釋宫》『檽』作『楶』，小徐本同。宋本及大徐本作『格』，與《類篇》合。今从宋本。」姚校：「宋本『檽』作『格』。影宋本作『格』。韓校同。」

［三三］明州本、毛鈔、錢鈔「楆」字作「楆」，注「耎」字作「耎」。

［三四］明州本、毛鈔、錢鈔注「亨」字作「亨」。龐校、朱校、錢校同。陳校：「『亨』俗多作『享』。」方校：「案：『亨』譌『享』，據宋本正。」馬校：「『亨』字局作『享』。『亨』、『享』本一字。自『亨』、『享』分用，則『享』爲『亨』之誤字矣。」姚校：「宋本『享』作『亨』。韓校同。」又，衛校：「『亨』作『烹』，『湆』作『湇』。」方校：「『湆』或改『湇』，非是。『湆』字不見《説文》，《五經文字》强作分别，其説無本，不可從也。」

［三五］陳校：「陾，《廣韻》同『隭』、『陑』。又音仍。」馬校：「案：『陾』譌字。《詩·大雅·緜》『捄之陾陾』，《玉篇》引作『陑陑』，釋文如之反是也。《説文》云：『築牆聲也。』因而陸所據正作『陑陑』，今《説文》亦誤作『陾陾』。説見《詩》毛氏傳。」

［三六］明州本、錢鈔注「築」字作「筞」。錢校同。朱校：「宋本誤『筞』。」

［三七］方校：「案：《説文》作『忽』，當以『忽』爲正。」

［三八］明州本「皃」字同，注作「皃」。姚校：「宋本誤『皃』。」

［三九］明州本、毛鈔、錢鈔注「鬌」字作「鬌」。龐校、朱校同。馬校：「『鬌』，局作『鬌』，俗。」

［四〇］明州本、潭州本、毛鈔、錢鈔「颸」下有小注「風皃」二字。龐校、朱校同。方校：「案：宋本『颸』下有『風皃』二字，當據補。『罳』、『罝』及注别爲一條，『罝』下从旦亦誤。」馬校：「局脱注『風皃』二字，則『颸』與『罳』、『罝』爲一條，遂不可通，此等皆影宋鈔之足貴也。」姚校：「宋本『颸』下有『風皃』二字注。韓校同。鈕云：『據注無颸，則颸字衍。』」

［四一］明州本、毛鈔、錢鈔注「茲」字作「玆」。龐校、朱校、錢校同。方校：「案：《左·哀八年傳》作『滋』，釋文：本作『玆』。宋本及《類篇》同。此作『玆』亦通，但不應與正文異體耳。」馬校：「案：《説文·玄部》『玆』从二玄，會意。亦與宣諧聲。哀八年《左氏傳》釋文：『玆音玄。』此古音也。釋文又云：『本亦作滋，子絲反，濁也。』滋後人加水旁，其字从二玄不譌，與滋水之滋从艸者音義迥殊。《玉篇》『玆』音子貍切，或作『滋』，子怡切。皆譌讀『滋』爲水名『滋』矣。『玆』俗作『茲』，又譌作『滋』。《廣韻》一先：『玆，胡涓切。』《説文》引《春秋傳》因釋不謬。《集韻》仍《玉篇》及釋文後音如七《之》者謬矣。不有《説文》，則傳之大字晦；不有釋文玄音，則傳之古音亦晦。」姚校：「宋本『茲』作『玆』，从二玄。」

［四二］方校：「案：此古《太誓》文，《詩·大明》正義引之。《史記·周本紀》作『孳孳』。」丁校：「今《書·君陳》有『惟日孜孜，無敢逸豫』。此出古文《尚書》，許慎未必預見。《史記·周本紀》有云『孳孳無怠』，而《詩·大明》正義亦引《泰誓》，咸曰『孜孜無怠』，蓋西漢《泰誓》之詞。」

［四三］方校：「案：『虁』譌『䕫』，據《説文》正。《類篇》作『䕫』，尤誤。」按：明州本字作「䕫」。毛鈔、錢鈔同。龐校、朱校、錢校同。姚校：「宋本作『䕫』。」

［四四］明州本、錢校注「孳」字作「孶」。

［四五］陳校：「『若』一作『芸』。」按：「芓」通作「秄」。丁校據《周禮·天官·甸師》注改「若」爲「芸」。方校：「案：《類篇》同。若，謂杜若，香草也。」

［四六］《説文》見《水部》，从水，茲声。則此字當从茲，不當从玆。

［四七］明州本、潭州本、毛鈔、錢鈔「玆」字作「茲」。龐校、朱校、錢校同。陳校：「从艸。」方校：「案：《説文》作『𢆶』，隸當作『玆』，此誤。」馬校：「局作『茲』字，其正字作『玆』，从艸。『茲』，今字皆从隸俗。」姚校：「宋本作『茲』。」

［四八］明州本、潭州本、毛鈔、錢鈔注「鉗」字作「鉏」。衛校、龐校、朱校、錢校同。方校：「案：『鉏』譌『鉗』，據宋本及《廣雅·釋器下》正。」馬校：「局誤『鉗』，下居之切作『鉏』。」丁校據《玉篇》作「鉏」。姚校：「宋本作『鉏』。韓校同。」

［四九］明州本、毛鈔注「笑」字作「笑」，錢鈔作「笑」。

［五〇］馬校：「『嗁』，局作『啼』，俗。」

[五一]　方校：「案：『鮰』譌『魱』，據《釋魚》及《類篇》正。」按：明州本、錢鈔注「魱」字正作「鮰」。陳校、龐校、朱校同。姚校：「宋本『魱』作『鮰』。」

[五二]　明州本、潭州本、毛鈔、錢鈔注「壐」字作「壅」。衛校、龐校、朱校、錢校同。姚校：「宋本『壐』作『壅』，是。韓校同。」丁校作「壅」，云：「《廣韻》。」蓋謂據《廣韻》也。

[五三]　《説文》見《司部》，「外」上有「而言」二字。段校：「宋本亦脱。」馬校：「『外』上奪『而言』二字，宋亦誤。」按：毛鈔注「意内」下有「言」字。陸校同。方校：「案：『詞』，二徐本同，段氏从《字鑑》作『䛐』。此字入《司部》，李文仲所據局本爲是。又注云：『意内而言外也。』此作『意内外』，大誤。今於『外』字上增『言』字。」姚校：「宋本『意内』下有『言』字。影宋本同。今有『而言』二字。」

[五四]　方校：「案：『𦞠』當从《類篇》作『𦞠』，注同。」按：明州本、錢鈔「𦞠」字作「𦞠」。錢校同。姚校：「宋本作『𦞠』，从冃。」

[五五]　方校：「案：大徐本及《類篇》同。小徐本『𠷎』上有『辛』字。」

[五六]　明州本、毛鈔、錢鈔「慈」字作「慈」，馬校：「凡宋本『玆』皆如此作，局俱作『玆』。」龐校：「从二玄。」

[五七]　方校：「案：二徐本『鶿』作『鷀』。」

[五八]　陳校：「『湝』作『涾』。」方校：「案：『涾』譌『湝』。據《類篇》正。又《類篇》『愧』作『媿』。」

[五九]　方校：「案：宋本『膓』作『腸』，誤。」按：明州本、錢鈔仍作「膓」，《類篇・肉部》同。毛鈔作「腸」。方氏所據宋本爲毛鈔，故云誤也。

[六〇]　明州本、潭州本、毛鈔、錢鈔「𥟖」字作「𥟖」。汪校、龐校、朱校同。馬校：「凡宋本『𥟖』皆如此作，局俱作『𥟖』。」

[六一]　李校：「《史記・樗里子列傳》索隱曰：『甘茂居渭南陰鄉之樗里。』本書地名云云即據此，不當从手。」按：《史記・樗里子甘茂列傳》字作「樗」，从木。索隱：「案：樗，木名也。音攄。」字當改从木。又索隱言秦惠王弟疾居樗里，李誤作「甘茂」。

[六二]　明州本、潭州本、毛鈔、錢鈔「釐」字作「𨤲」。錢校同。龐校：「从『𠩺』者並从『𠩺』。」

[六三]　明州本、潭州本、毛鈔、錢鈔「𠩺」字作「𠩺」。

[六四]　明州本、錢鈔注「氂」字作「犛」。毛鈔注「氂」字作「犛」。余校、龐校同。朱校：「按：下當从牛。」姚校：「宋本注『氂』作『犛』。韓校同。」方校：「案：『犛牛』譌『氂牛』。毛刻同。《類篇》又譌『氂』，據宋本及《繫傳》正。」

[六五]　方校：「案：『豪』譌『毫』。據《漢書・律歷志上》孟康注正。」按：趙翼《陔餘叢考》卷二十二：「案：豪氂本權度之數，《孫子算術》：『蠶吐絲爲忽，十忽爲杪，十杪爲豪，十豪爲氂，十氂爲分，十分爲寸。』後人又移之於稱，是權度皆以豪毛起數，其字本應从毛。」

[六六]　李校：「『秏』，《説文》無，《玉篇》云：『强毛也。』是『𥠻』之俗字。『𥠻』、『㾒』、『秏』、『𥝩』當連文。『𥠻』爲正字，以本文解之。然後曰『一曰鄉名』乃合。古有作㾒，或作秏、𥝩。此析爲二，非是。至鄉名本音台。師古云：『秏，毛起也。』」

[六七]　李校：「『𥝩』即來牟之『來』。劉向《封事》引作『釐𥣬』，故入鄰之切。」

[六八]　明州本、毛鈔、錢鈔注「髳」字作「髤」。龐校、朱校、錢校同。姚校：「宋本『髳』作『髤』，从不。韓校同。」按：《廣韻・之韻》里之切：「𨤲，髳𨤲，髮起。」字作「髳」，从丕。

[六九]　明州本、毛鈔、錢鈔「賚」字作「賚」。韓校、龐校、朱校、錢校同。方校：「案：『賚』譌从夾，據宋本及《説文》正。」姚校：「宋本作『賚』，从來，是。」

[七〇]　陳校：「古只作『釐』。《説文》無之。所引《説文》云云係新附文。」

[七一]　方校：「案：《方言》三『孷』作『釐』。《玉篇》與此同。又『孷』《玉篇》作『孖』。」

[七二]　明州本、潭州本、毛鈔注「頴」字作「頴」。汪校、龐校、朱校、錢校同。方校：「案：『頴』譌『頴』，據宋本及《類篇》正。」姚校：「宋本『頴』作『頴』。韓校同。」

[七三]　陳校：「《説文》从文不从攴。」方校：「案：『嫠』入九篇《文部》，《類篇》《文》、《攴》兩部竝收，此引許書，字當从文。」

按：《廣韻·之韻》：「嫠，《字統》云：微畫也。」字从文。姚校：「鈕云：『《說文》無。』」按：莫友芝校本以此爲段玉裁校語。

[七四] 陳校：「『貍』、『狸』二字《廣韻》云『野貓』。」李校：「《玉篇》『貍』爲『貍』之别名。本書以『貍』、『貍』爲一字，究非。」

[七五]・明州本、潭州本「籭」字作「篩」。

[七六] 明州本、潭州本「嫠」字作「嫠」。

[七七] 明州本、潭州本「棃」字作「棃」。

[七八] 明州本、潭州本「鰲」字作「鰲」。

[七九] 李校：「注誤。夫須是臺。」又云：「《爾雅》：『釐，蔓華。』《說文》作『萊』。《玉篇》、《廣韻》無『釐』字，即本書《咍韻》之『釐』。證曰：本祗作『釐』，無加艸於上者。」

[八〇] 方校：「案：二徐本『𦼮』竝作『𦽅』，今據正。」

[八一] 明州本、潭州本「𢀡」字作「𢀢」。朱校：「竝作『𢀢』。」錢校同。姚校：「宋本『𢀡』作『𢀢』。凡从『𢀡』皆然。」

[八二] 明州本注「頤」字作「頤」。龐校、朱校同。姚校：「注『頤』作『頤』。按：『頤』字不誤，宋本作『頤』，恐非。」按：潭州本作「頤」，不誤。

[八三] 明州本、潭州本注「𢓊」字作「巡」。馬校：「局誤『𢓊』。」朱校同。

[八四] 方校：「案：『貽』謌从目，據《詩·鴟鴞》釋文正。」按：明州本、毛鈔、錢鈔「貽」字正作「貽」。韓校、陸校、朱校、錢校同。姚校：「宋本『貽』作『貽』，从貝，是。」

[八五] 明州本注「𦣝」字作「臣」。龐校同。朱校：「宋本誤『臣』。」

[八六] 方校：「案：『發歎』下《類篇》有『也』字，《韻會》有『辭』字，今从《類篇》。」

[八七] 方校：「案：《廣雅·釋器上》作『枑』。」按：《廣雅·釋器》曹音頤。王氏疏證：「各本『枑』誤作『相』。《集韻》、《類篇》竝引《廣雅》『𣹟斗謂之相』，則宋時《廣雅》本已誤。案：《說文》『相，臿也』，音祀。『相』與『枑』不同義。蓋俗書『枑』字作『柜』，因謌而爲『相』。《釋宫篇》『瓯，甎也』，今本謌作『瓻』，正與此同。考《玉篇》：『枑，弋之切。船戽斗也。』《廣韻》：『枑，船舀水斗也。』《御覽》引《廣雅》『𣹟斗謂之枑』。皆作『枑』，不作『相』，今據以訂正。」

[八八] 方校：「案：《廣雅·釋室》『甈』作『瓻』。『瓻』、『甈』古今字。」

[八九] 明州本、潭州本、毛鈔、錢鈔「玲」字作「玲」。汪校、衛校、陸校、龐校、朱校、錢校同。方校：「案：『玲』謌『玲』，據宋本及《類篇》正，注文亦可證。又《玉篇》引《蒼頡》作『五色石』，與本書下文姬紐同。」馬校：「局誤『玲』，注不誤。」丁校據《類篇》改「玲」。姚校：「宋本『玲』作『玲』，是。影宋本、韓校皆同。」

[九〇] 方校：「案：注文誤，說見前《六脂》『鮍』字注。」

[九一] 陳校：「『魠』當作『鈍』，从屯，或書作『乇』。《博雅》作『魠』，音託，似謌。」李校：「『公食鮭肝而死，知鮭爲鮐，即今之河豚無疑。『魠』係謌字。」馬校：「局作『魠』，《類篇》作『鈍』。」

[九二] 按：「姬」與「妃」音不相侔，雖均可特指天子之妾，視爲「姬」之别體，恐未必然。

[九三] 明州本注「執」字作「軌」。

[九四] 方校：「汪氏云：『《毛詩》、《爾雅》釋文鮐有夷音。案：《六書音均表》夷在十五部，台在一部。《集韻·六脂》夷字紐下不收鮐字，釋文「一音夷」三字疑有誤，此可據以訂陸書者。』」馬校同。

[九五] 明州本、毛鈔、錢鈔注「卒」字作「卒」。方校：「案：《說文·欠部》止作『欸』。注『卒』謌『卒』，據宋本正。」馬校：「『卒』局誤『卒』。」姚校：「宋本『卒』作『卒』。」錢校同。

[九六] 明州本、潭州本、毛鈔、錢鈔注「犬」字作「大」。汪校、陸校、龐校、朱校、錢校同。方校：案：「『大』謌『犬』，據宋本及《類篇》正。」丁校據《類篇》作「大」。姚校：「宋本『犬』作『大』。」吕云：《廣韻》『犬』作『歎』。」

[九七] 明州本、毛鈔、錢鈔注「炙」字作「炙」。龐校同。按：與《說文·火部》「熹」篆注同。

[九八] 方校：「案：宋本及《說文》『㸑』作『㸑』。」

[九九] 潭州本、毛鈔注「支」作「攴」。馬校：「『攴』，局誤『支』。」方校同。

［一〇〇］明州本、毛鈔、錢鈔注「熟」字作「孰」。方校、龐校、朱校同。姚校：「宋本『熟』作『孰』。」

［一〇一］明州本、潭州本、毛鈔、錢鈔「圻」字作「垿」。陸校、方校同。馬校：「此『圻』字局誤『垿』。」

［一〇二］方校：「案：『蒸』譌『烝』。據《類篇》及《禮・樂記》『天地訢合』注正。」李校：「《禮》『天地訢合』，釋文：『依注音傗。』蓋改鄭以『訢』爲『熹』。」

［一〇三］明州本注「未」字作「末」。汪校、錢校同。方校：「案：宋本『未』作『末』，與《左・昭二十八年傳》合。『喜』本或作『嬉』，音同。」馬校：「『末』，局誤『未』。」姚校：「宋本『未』作『末』，是。韓校同。」

［一〇四］姚校：「余校『娦』竝改『娦』，从丌。」龐校：「『畁』並改作『畀』。」

［一〇五］明州本、潭州本、毛鈔注「詆」字作「詆」。

［一〇六］明州本、潭州本「蘖」字作「蘗」。方校：「案：《漢書》李陵、司馬遷二傳『娸』作『媒』，顔注『媒』如『媒媾』之『媒』。今此本服虔注。服注：『娸謂詆欺也。』宋本『蘖』作『蘗』，依《説文》當作『糱』。」馬校：「丁所據作『娸』，讀同欺。今《漢書》作『媒』，失其義矣。」姚校：「韓校『蘖』作『蘗』，从米。」龐校同。

［一〇七］方校：「案：『錤』字各本《釋詁三》奪，王氏據此及《廣韻》所引補。」

［一〇八］明州本、潭州本、毛鈔、錢鈔注文上「旮」字作「㫒」。「亦書」下有「作」字。方校、龐校、朱校、錢校同。姚校：「宋本注文上『旮』作『㫒』。『書』下有『作』字，是。韓校同。」

［一〇九］方校：「案：『牆』下奪『始』字，據二徐本補。」

［一一〇］方校：「案：《説文》『㬝』作『[illegible]』，隸當作『㬝』。」

［一一一］明州本、毛鈔、錢鈔「匧」作「匧」。龐校、朱校同。方校：「案：『其匧』譌『其匧』，據宋本正。」

［一一二］明州本、潭州本、毛鈔、錢鈔注「梁」字作「粱」。馬校、龐校、朱校、錢校同。方校：「案：『粱』下譌从木，據宋本及《曲禮下》正。」姚校：「宋本『梁』作『粱』。余校同。」

［一一三］方校：「案：《廣雅・釋艸》『綦綦』作『茈綦』，《類篇》『綦』字不誤。」按：明州本、潭州本注「綦」字正作「綦」。毛鈔、錢鈔同。龐校同。

［一一四］明州本注「工」字作「土」。朱校同，誤。按：潭州本作「工」。

［一一五］陳校：「『恣』，《説文》作『姿』。」方校：「案：大徐本『恣』作『姿』，小徐本與此同。《類篇》从大徐本。」

［一一六］明州本、毛鈔、錢鈔「悳」字作「悳」，潭州本作「悳」。方校：「案：『悳』譌『悳』，據《類篇》正。宋本作『悳』，亦誤。」姚校：「宋本『悳』作『悳』，从篆文『𥁕』。影宋本作『悳』，韓校作『悳』，注同。」錢校同。

［一一七］方校：「案：今本《廣雅》未見，王氏謂《釋言》逸文，據此補録。」

［一一八］明州本、錢鈔注「予」字作「子」。陳校同。朱校：「宋誤『子』。」方校：「案：疑字在十四篇《止部》，篆作『[illegible]』，《類篇》引作『从子止匕，矢聲』，與二徐本合。」按：《説文》段注：「當作『从子𠤕省，止聲』。」

［一一九］按：諸書未見「礙礶」爲青石者，「礙」當爲「磫」，字之誤也。《廣雅・釋器》：「磫礶，礪也。」慧琳《一切經音義》卷四十六引《通俗文》：「細礪謂之磫礶。」卷子本《玉篇・石部》：「磫，子龍反。《廣雅》：磫礶，礪也。」又：「礶，渠俱反。《埤蒼》：磫礶也。」《廣韻・鍾韻》即容切：「磫，磫礶，礪石。」又《虞韻》其俱切：「礶，磫礶，青礪。」本書《鍾韻》將容切：「磫，《廣雅》：磫礶，礪也。」《虞韻》權俱切：「礶，《博雅》：磫礶，礪也。」蓋「磫」譌爲「礙」，又據「疑」旁而作魚奇切，遂竄於此。可删。《類篇・石部》「磫」字收此音義亦誤。

［一二〇］方校：「案：《類篇・言部》『歠』作『徽』。似从欠者爲是。」

［一二一］方校：「案：引許書則依注文从日作『㫒』爲是。」按：明州本、潭州本「旮」字正作「㫒」。毛鈔、錢鈔同。龐校、朱校同。馬校：「局誤『旮』，注作『㫒』。」陳校：「『旮』當作『㫒』，从日，同『期』，見《説文》。」姚校：「宋本『旮』作『㫒』，从日。」

［一二二］毛鈔注「罰」字作「罸」。馬校：「『罸』，局作『罰』。『罸』即『罰』之俗，宋誤。」

［一二三］明州本、潭州本、毛鈔、錢鈔注「基」字作「基」。汪校、龐校、朱校、錢校同。方校：「案：『基』譌从土，據宋本正。」姚校：「宋本『基』作『基』，从王，是。」

[一二四] 方校：「案：大徐本及《類篇》與此同。《韻會》依小徐本『往往』作『行行』。段氏校从大徐。」

[一二五] 方校：「『𥿋』上不从元，據《類篇》正。」按：明州本注「𥿋」字正作「𥿋」。姚校：「宋本『𥿋』作『𥿋』，从亓，是。」

[一二六] 明州本、潭州本、毛鈔、錢鈔注「緈」字作「綼」。汪校、龐校、錢校同。馬校：「『綼』，局作『緈』，不成字。」姚校：「宋本『緈』作『綼』。影宋本、韓校皆同。呂云：『宜作綼。』」

[一二七] 方校：「《類篇》止作『芔』，當以此正之。」

[一二八] 方校：「案：『月』下奪『爾』字。據二徐本及《爾雅・釋艸》補。」馬校：「『也』當爲『爾』，《類篇》作『爾』不誤。宋亦誤。」姚校：「蘻，月也。段云：『也』宜作『爾』字。」

[一二九] 方校：「案：『水』譌『木』，據《類篇》正。」按：明州本、潭州本、毛鈔、錢鈔注「木」字正作「水」。龐校、朱校、錢校同。

[一三〇] 姚校：「余校『共』作『井』。」

[一三一] 方校：「案：《説文》『一』作『或』。」

[一三二] 明州本、潭州本、毛鈔、錢鈔注「筭」字作「从基」。龐校、朱校、錢校同。方校：「案：『筭』乃『从基』二字之譌。據宋本及《類篇》正。」馬校：「『从基』二字，局誤併作『筭』，不成字。」陸校：「脱『从』字。」未當。姚校：「宋本『筭』作『从基』二字，是。影宋本、韓校皆同。」

[一三三] 潭州本注「稟」字作「𥞊」。方校：「『稟』譌『𥞊』。汲古閣本同。據宋本及《繫傳》、《類篇》正。《爾雅・釋獸》作『麢』，『麢』，籀文『𥞊』。」馬校：「『𥞊』，局誤『稟』。」朱校：「『𥞊』，一作『稟』。宋本此字不可辨。」姚校：「宋本『稟』作『𥞊』，从禾，是。影宋本、韓校皆同。」錢校同。

[一三四] 潭州本、毛鈔注「鴅」字作「鵋」。方校：案：「『鵋』譌『鴅』，據宋本及《類篇》、《韻會》正。鵋鶀，即鵂鶹也。」馬校：「『鵋』，局誤『鴅』。」朱校：「一作『鵋』，宋本曼滅不可辨。」姚校：「宋本『鴅』作『鵋』。」錢校同。

[一三五] 李校：「本傳：謝尚曰：『卿讀《爾雅》不熟，幾爲《勸學》死。』今『歎曰』云反似誤自語。」

[一三六] 明州本、毛鈔注「勤」字作「勒」。姚校：「宋本『勤』作『勒』，非。」按：潭州本作「勤」。

[一三七] 方校：「案：卷三《北山經》『瀙』作『淇』，『洳』作『如』，《廣韻》、《類篇》及《太平寰宇記》竝引作『洳』。」

八微

[一] 明州本、錢鈔注「目」作「日」。朱校：「『目』宋誤『日』。」按：潭州本作「目」，不誤。

[二] 明州本、潭州本、毛鈔、錢鈔注「溦」字作「溦」。

[三] 明州本、潭州本、毛鈔「微」字作「僛」。陳校：「从人。」陸校、龐校、朱校、錢校同。方校：「案：『微』字複，當从《玉篇》、《類篇》作『僛』。」馬校：「局作『微』，注亦誤，則與『微』爲複字。《玉篇》、《類篇》皆作『僛』。」姚校：「宋本『微』作『僛』，从亻。韩校同。」

[四] 方校：「案：上『皃』字二徐本竝作『也』。『魄』上小徐本有『大』字。段校从之。大徐本及《類篇》與此同。」

[五] 李校：「《左氏傳》云『公子騑』，《公羊傳》作『斐』。此當从本文。其作『騣』者，『馬』旁涉上而加。《廣韻》無『騣』字，《禮》『匪匪翼翼』，注：『匪』讀爲『騑』。」

[六] 明州本、潭州本、錢鈔注「𢼂」字作「𢽓」。韓校、陸校、龐校、朱校、錢校同。方校：「案：『𢽓』譌『𢼂』，宋本又譌『𢽓』，據大徐本正。小徐本作『翄』，同。」馬校：「『𢽓』局作『𢼂』。」姚校：「宋本『𢼂』作『𢽓』，从『支』。」

[七] 明州本、毛鈔、錢鈔「裴」字在「斐」上，注末「裴」字作「斐」。龐校、朱校、錢校同。姚校：「宋本『斐』、『裴』二字互倒。」

[八] 姚校：「依宋本則斐豹字宜作『裴』。」

[九] 明州本、潭州本、毛鈔、錢鈔注無「書」字。龐校、錢校同。姚校：「注無『書』字。」

[一〇] 方校：「案：二徐本及《類篇》『扇』上竝有『户』字，今據補。」按：明州本「扇」上正有「户」字。毛鈔、錢鈔同。龐校、

朱校、錢校同。姚校：「宋本『扇』上有『户』字。韓校『户』字在『葦曰』下。」按：《説文》：「扉，户扇也。」宋本是。韓校蓋因兩「扇」字誤添於下，非影宋本有異。

〔一一〕明州本、毛鈔、錢鈔注「絳」字作「綘」。朱校、錢校同。姚校：「宋本『絳』作『綘』，从牛，是。韓校同。」

〔一二〕明州本、錢鈔「飛」字作「飛」。汪校、段校、陸校、龐校、朱校、錢校同。方校：「案：正文及注竝譌，當从《説文》作『飛』，《類篇》作『飛』，尤誤。」姚校：「宋本『飛』作『飛』，影宋本作『飛』，韓校作『飛』。」

〔一三〕方校：「案：二徐本及段校本、《韻會》皆作『飛衛』，此與《類篇》同。」

〔一四〕明州本、毛鈔、錢鈔注「澇」字作「勞」。姚校：「宋本『澇』作『勞』。」

〔一五〕方校：「案：《類篇》『裴』作『裵』，與許書合，下符非、蒲枚切同。」姚校：「鈕改注『裴』作『裵』。」

〔一六〕明州本、錢鈔「肥」字作「肥」。朱校：「『肥』从此，竝同。」姚校：「宋本作『肥』，从巴。凡从『肥』皆然。」

〔一七〕注「畏」字，明州本無。龐校、朱校同。姚校：「宋本脱『畏』字。」按：《山海經·西南山經》有「畏」字，《廣韻》引《山海經》亦有「畏」字。潭州本正有「畏」字。有「畏」字是。

〔一八〕方校：「案：《釋詁三》『腓』从肉，訓避不訓離，其訓離等字即在下文，或以此致誤。」按：《廣雅·釋詁三》「離也」條無「腓」字。陳校：「疑『腓』字之誤，見《詩·小雅》陸氏釋文。」

〔一九〕明州本、潭州本、毛鈔、錢鈔注「渚」字作「涪」。衛校、陸校、馬校、龐校、朱校同。丁校據《類篇》改「渚」作「涪」。方校：「案：『涪』譌『渚』，據宋本及《類篇》正。」姚校：「宋本『渚』作『涪』，是。影宋本、韓校皆同。」

〔二〇〕方校：「案：《韻會》『機』俗作『機』。此書傳録疑有錯誤。」按：明州本注「攙」字作「機」。朱校：「宋本誤从木。」

〔二一〕明州本、潭州本、錢鈔「鐖」字竝作「鐖」。陸校、龐校、朱校、錢校同。方校：「案：《周禮·夏官·小子》注：『用毛牲曰刏，羽牲曰衈。』《秋官·士師》注同。此與《類篇》竝誤。『鐖』，《説文》从血，幾聲。此下从皿。宋本及《類篇》从幾，省作『鐖』，竝非。」姚校：「宋本作『鐖』，从戊。影宋本、韓校皆同。」

〔二二〕明州本、潭州本、錢鈔注「戊」字作「戌」。陸校、朱校同。

〔二三〕明州本、潭州本注「籒」字作「籀」。朱校同。按：以全書用字例考之，當以作「籀」字爲是。

〔二四〕方校：「案：此見卷五《中山經》。郭注『馬』下奪『黑』字，據《韻會》補。」

〔二五〕方校：「案：《類篇》『依』作『衣』。」按：「依」、「衣」同在《微韻》。

〔二六〕汪校、錢校「稀」字作「稀」。方校：「案：宋本『稀』作『稀』，與《説文》合。」姚校：「韓校『稀』作『稀』，是。」

〔二七〕方校：「案：徐鍇下當依《類篇》補『曰』字，『象』下『禾』字宋本作『木』，誤。」馬校：「徐鍇下當有『曰』字，《類篇》有，宋亦誤。」

〔二八〕方校：「案：『眄』譌从丏，據《説文》正。」

〔二九〕方校：「案：此本《爾雅·釋艸》『莃，兔葵』郭注。《類篇》『啖』作『噉』。」丁校：「《玉篇》『滑』下有『香』字，此本《爾雅》注。」

〔三〇〕明州本、潭州本、錢鈔「郗」字作「𠨍」。龐校、朱校、錢校同。姚校：「宋本作『𠨍』，从卩。韓校同。」馬校：「『𠨍』，局誤从卩。」方校：「案：『郗』當从宋本及《類篇》作『𠨍』。《類篇》入《卩部》，『閒』下有『也』字。」

〔三一〕方校：「案：《廣雅·釋訓》『乖』作『𠁥』。『𠁥』、『乖』古今字。」按：明州本注「乖」作「𠁥」。龐校、朱校、錢同。姚校：「宋本『乖』作『𠁥』。」

〔三二〕明州本、潭州本、毛鈔注「著」作「箸」，「楊」作「揚」。龐校、朱校、錢校同。馬校：「『揚』，局誤从木作『楊』。」案：《説文》段注以『絳』下『徽』字移『幟』字之上，『幟』作『識』。《詩·六月》鄭箋曰：『識，徽識也，將帥以下衣皆箸焉。』《周禮·司常》鄭注曰：『屬謂徽識也。大傳謂之徽號。今城門僕射所被及亭長箸絳衣皆其舊象。』《説文》下文云：『若今救火衣然也。』皆其制，詳《説文》注。今昭二十年《左傳》作『徽』，非許所據古文矣。《廣韻》『旛，動旗』，與『徽』別，與《集韻》『或作旛』者不同。云『通作徽』者，以今本『徽』多譌『徽』也。又按：《文選·張平子〈東京賦〉》『戎士介而揚揮』，陳孔璋《爲袁紹檄豫州》『揚素揮以啟降路』，『揚揮』本諸《左傳》，則傳『徽』有通假作『揮』者，釋文不載。」姚校：「宋本『著』作『箸』，从竹；『楊』作『揚』，从扌：是。余校『楊』作『揚』。」

[三三] 明州本、錢鈔注「郤」字作「卻」。龐校、朱校、錢校同。潭州本、毛鈔作「卻」。姚校：「宋本『郤』作『卻』，从卩，是。影宋本从卩。」

[三四] 明州本注「雒」字作「雒」。朱校同。

[三五] 方校：「案：卷三《北山經》無『是』字。」

[三六] 明州本、潭州本、毛鈔、錢鈔注「鸁」字作「鸁」。陸校、龐校、朱校同。陳校：「『鸁』當作『鸁』，鸁羊。」方校：「案：《北山經》『鸁』作『鸁』，下有『羊』字，宋本及《類篇》『鸁』字不誤，而『羊』字亦奪。」馬校：「局作『鸁』，不成字。」姚校：「宋本『鸁』作『鸁』，是。影宋本、韓校同。」

[三七] 方校：「案：毛本、邵本『黴』作『徽』，誤。」

[三八] 明州本、潭州本、毛鈔、錢鈔「昦」字作「昦」。汪校、陳校、龐校、朱校、錢校同。方校：「案：《說文》作『[illegible]』，隸作『昦』。此譌，據宋本正。」姚校：「宋本作『昦』，是。影宋本、韓校皆同。」

[三九] 方校：「案：『天』譌『大』，據《類篇》正。」丁校同。按：明州本、毛鈔、錢鈔注「大」字正作「天」。段校、陸校、龐校、錢校同。姚校：「宋本作『天』。影宋本、余校同。」

[四〇] 方校：「案：『樿』譌『撣』，據《類篇》正。宋本作『樿』。」丁校同。按：方所云宋本蓋指毛鈔。毛鈔塗改作「樿」。明州本、錢鈔注「撣」字正作「樿」。汪校、衛校、龐校、朱校、錢校同。姚校：「宋本『撣』作『樿』。」

[四一] 明州本、潭州本、毛鈔、錢鈔無注「盛」字。顧校、陸校、龐校、朱校、錢校同。姚校：「宋本無『盛』字。影宋本同。」

[四二] 明州本、毛鈔、錢鈔注「蓺」字作「褻」。汪校、陸校、龐校、朱校、錢校同。方校：「案：『褻』譌『蓺』，據宋本正。毛刻《說文》作『褻』，亦誤。」姚校：「宋本作『褻』，是。影宋本、余校、韓校皆同。」

[四三] 方校：「案：《類篇》『壘』作『壨』，今據正。」

[四四] 方校：「案：《類篇》同。《爾雅・釋蟲》郭注、《毛詩・七月》孔疏竝作『鼠婦』。」

[四五] 明州本、潭州本、毛鈔、錢鈔注「娓」字作「媿」。汪校、陸校、龐校、朱校同。方校：「案：『媿』譌『娓』，據宋本及《類篇》正。又《類篇》『嗞』作『噫』，與《七㞢》部慈紐合。」姚校：「宋本『娓』作『媿』，是。影宋本、余校、韓校皆同。」

[四六] 陳校：「注上『溰』字作『漼』。」方校：「案：《廣雅・釋訓》『溰溰』作『漼溰』。《類篇》、《韻會》引與此同誤。」

[四七] 按：《說文・馬部》：「騩，馬淺黑色。」《急就篇》：「騂騩騅駮驪騮驢。」顏注：「淺黑色也。」疑注「黑」字下脱「淺」字。

[四八] 明州本、毛鈔、錢鈔「阢」字作「阢」。陸校、龐校、朱校、錢校同。陳校：「《說文》、《類篇》並从兀作『阢』。」姚校：「宋本『阮』作『阢』，从兀，是。影宋本、余校、韓校皆同。」方校：「案：『阢』譌『阮』，據宋本及《說文》正。」

[四九] 李校：「『魏』本从『巍』省。《左氏傳》：『魏，大名也。』蓋本詮『魏』字也。漢碑『魏』猶作『巍』。」

[五〇] 明州本、潭州本注「峷」字作「峷」。朱校同。

[五一] 明州本、毛鈔、錢鈔「斦」字作「斦」。陸校、龐校、朱校、錢校同。方校：「案：『斦』譌『斦』，據宋本正。『朩』，古文『示』字。」姚校：「宋本作『斦』，从朩，是。韓校同。」

[五二] 方校：「案：《說文》無『頎』字，段氏據此補。」

[五三] 方校：「案：『隹』當从《類篇》作『佳』。」按：明州本、毛鈔、錢鈔注「隹」字正作「佳」。韓校、陸校、龐校、朱校、錢校同。姚校：「宋本『隹』作『佳』，是。影宋本同。」

[五四] 方校：「案：小徐本『遠』作『逮』，段校从之，此本大徐。」

[五五] 明州本、毛鈔、錢鈔「覺」字作「覺」。龐校、朱校同。方校：「案：《說文》『覺』从鬼幾聲。是『覺』本从幾也。《類篇》則从幾省，作『覺』，故於『魕』曰：『或从幾。』蓋不引許書，則不必以九千三百五十三文繩之矣。」姚校：「宋本作『覺』，从戊。影宋本同。」

[五六] 方校：「案：《類篇》『蚑』作『蚑』，今正。」按：明州本、錢鈔「蚑」字正作「蚑」，注同。余校、龐校、朱校、錢校同。姚校：「宋本作『蚑』，从支，是。」

[五七] 方校：「案：『舌』當作『舌』，『沮』當作『沮』，後放此。」按：明州本注「沮」字正作「沮」。朱校同。馬校：「局作『沮』，即『沮』之俗。」

［五八］明州本「鐖」字作「幾」，从血。汪校、龐校同。

［五九］姚校：「余校『數』作『歲』。」衛校：「今《禮記》作『幾』。」

［六〇］明州本、潭州本、毛鈔、錢鈔注「雈」字作「雀」。龐校、朱校同。方校：「案：前説見卷四《東山經》，郭音祈。後説見《玉篇》，音巨希切。畢氏謂皆『魁』字異文。」馬校：「案：《東山經》『鬿雀』當作『魁堆』。《楚辭·天問》：『鬿堆焉處。』王注：『鬿堆，奇獸也。鬿一本作魁。』《九歎》：『訊九鬿與六神。』『鬿一本作魁』。《玉篇》有『鬿』，巨希切，星名。此後人依俗本《楚辭·九歎》附入者，非原書所有。而《集韻》又踵譌本《玉篇》。説詳王氏《廣雅疏證》。」姚校：「宋本『雈』作『雀』，从隹，是。」

［六一］方校：「案：『㚇』，大徐本作『[illegible]』，小徐本作『[illegible]』。今定从大徐參隸體作『㚇』。」

［六二］方校：「案：注『束』譌『東』，『韋』譌『違』，竝據二徐本正。又『東』下《韻會》有『物』字，段校本據增。」按：明州本、潭州本、毛鈔、錢鈔注「東」字正作「束」。陳校、馬校、龐校、朱校、錢校同。姚校：「宋本『東』作『束』，是。余校、韓校皆同。呂云：『東，《説文》本作束。此誤。』」

［六三］方校：「案：《説文》『韢』作『𩋧』，《類篇》『韢』作『𩋧』，『从束』之『束』作『朿』，今據正。」按：明州本、錢鈔「韢」作「𩋧」。龐校、朱校同。姚校：「宋本作『𩋧』。影宋本作『韢』。韓校作『韢』。」

［六四］方校：「案：『單』譌『罩』。據《廣韻》、《類篇》正。」按：明州本、潭州本、毛鈔、錢鈔注「罩」字正作「單」。陸校、龐校、朱校、錢校同。姚校：「宋本『罩』作『單』。影宋本、韓校同。」

［六五］潭州本、毛鈔注「禨」字作「禨」，从示。陸校同。馬校：「局作『禨』，从衣。徐鉉曰：『《説文》無『禨』字，《爾雅》亦無此語，疑後人所加。』」

［六六］明州本、毛鈔、「褁」字作「裹」。龐校、朱校、錢校同。方校：「案：或體當从宋本及《類篇》作『裹』。」馬校：「『注』或書作裹』，局作『褁』。」姚校：「宋本作『裹』。」

［六七］衛校注「刀」字作「芀」。丁校據《爾雅》作「芀」。方校：「案：《釋艸》『刀』作『芀』，陸氏音義無異文。」

［六八］明州本、潭州本、毛鈔、錢鈔「𩞈」字作「𩞈」。龐校、朱校、錢校同。姚校：「宋本作『𩞈』，从又。」陳校：「《廣韻》作『𩞈』。」

［六九］明州本、毛鈔、錢鈔注「悦」字作「説」。朱校、錢校同。姚校：「宋本『悦』作『説』，从言。韓校同。」方校：「案：宋本及《説文》『悦』作『説』，今據正。」

［七〇］明州本、潭州本、毛鈔、錢鈔注「蘢」字作「蘢」，「作」上有「古」字。龐校、朱校、錢校同。衛校改「蘢」作「蘢」。汪校、段校、陸校增「古」字。姚校：「宋本『蘢』作『蘢』，从艹。韓校同。又『作』上有『古』字。影宋本、韓校皆同。」

［七一］毛鈔注「權」字作「臛」。韓校同。陳校：「『權』與『顴』同。」方校：「案：宋本『權』作『臛』。『臛』、『權』古通用。而『權』字尤古。」

［七二］方校：「案：『扱』譌『投』。據《類篇》正。」陳校：「《類篇》作『扱』，《篇海》作『拔』。」馬校：「『扱』，局作『投』。」按：明州本、毛鈔、錢鈔注「投」字正作「扱」。

九魚

［一］方校：「案：據《説文》當作『奐』。魚尾與燕尾同，不从火也。」

［二］马校：「『卻』，局作『却』，『卻』、『却』正俗字。」

［三］方校：「案：『腒』譌从月，據《類篇》及本文正。」按：明州本、錢鈔注「腒」字正作「腒」。

［四］明州本、毛鈔、錢鈔「[illegible]」字作「[illegible]」。段校、陸校、龐校、朱校、錢校同。方校：「案：『於』見《説文》四篇《烏部》，字作『[illegible]』，从古文『烏』省，『[illegible]』，古文『烏』，象形。此正文及注竝譌。《類篇》作『[illegible]』，宋本作『[illegible]』，亦誤。」姚校：「宋本作『[illegible]』。影宋本作『[illegible]』。韓校作『[illegible]』。」

［五］余校：「按：《地理志》太原郡鄔縣無『陵』字。」衛校：「『陵』字衍。」方校：「案：前、後《漢志》縣止名鄔，此『陵』字衍。」

［六］潭州本、毛鈔注「虚」字作「虛」。汪校、錢校同。方校：「案：注『虚』字當从宋本及《韻會》作『虛』。」姚校：「宋本注『虚』字作『虛』，是。韓校同。」朱校：「『虚』，一作『虛』，宋作『虚』。」

［七］明州本、潭州本、毛鈔、錢鈔「𩲡」字作「䰢」。朱校同。

［八］方校：「案：二徐本及《類篇》『秏』作『耗』。段氏據此訂正。」按：明州本、毛鈔、錢鈔注「秏」字正作「耗」。陸校、龐校、朱校、錢校同。馬校：「『秏』當作『耗』。『秏』音毛，从禾。宋本从俗从耒。」姚校：「宋本『秏』作『耗』，从耒。」

［九］方校：「案：《類篇》同。《爾雅·釋木》引樊、孫注『名』作『腫』。」陳校據此改「腫」。按：毛鈔注「名」字作「多」。陸校同。姚校：「影宋本『名』字作『多』，是。」

［一〇］明州本、毛鈔、錢鈔注「瘦」字作「褏」。余校、汪校、段校、陳校、陸校、龐校、朱校、錢校同。方校：「案：『褏』譌『瘦』，據宋本及《説文》正。」馬校：「『褏』，局作『瘦』，不成字。」姚校：「宋本作『褏』。韓校同。」

［一一］明州本、錢鈔注「右」字作「左」。朱校同。

［一二］馬校：「『祛』當爲『袪』，『襛』當爲『攘』。宋本亦誤。」

［一三］明州本、潭州本、毛鈔、錢鈔注「鉉」字不缺末筆。

［一四］明州本、潭州本、毛鈔、錢鈔注「閒」字作「閑」。龐校、朱校、錢校同。姚校：「宋本『閒』作『閑』，从木。」

［一五］明州本、錢鈔注「戟」字作「戟」。龐校、姚校、朱校、錢校同。方校：「案：『戟』譌『戟』，據《説文》正。宋本及《類篇》竝作『戟』，『戟』、『戟』古今字也。」馬校：「『戟』，局作『戟』，不成字。」按：潭州本作「戟」。

［一六］明州本、毛鈔、錢鈔注「捐」字作「梋」，「口」字作「曰」。龐校、朱校、錢校同。姚校：「宋本『捐』作『梋』，『口』作『曰』，皆是。」

［一七］明州本、潭州本、毛鈔「璵」字作「璵」，注同。馬校、龐校、朱校、錢校同。姚校：「宋本『璵』作『璵』。」

［一八］李校「今」改「古」，「聲」上有「車」字，「古」改「今」，「從」改「後」。曰：「《釋名》之文如是，韋昭正駁《釋名》者，今妄爲改舛，殊謬。貽德按：凡輿《詩》諧爲車音，《易》舍車、得車，蜀才、京房輩並作『輿』，《論語》『執輿』漢石經作『車』。車、輿古通，亦以聲相近也。若古讀尺奢切，則偶然遠矣。劉成國之言未爲非也。」

［一九］明州本、潭州本、毛鈔、錢鈔注「茖」作「莒」。陳校、陸校、馬校、龐校、朱校、錢校同。方校：「案：『莒』譌『茖』，據宋本及《類篇》正。」姚校：「宋本『茖』作『莒』，是。影宋本、余校、韓校皆同。」

［二〇］方校：「案：『蝫』譌『蛣』，『左』下奪『右』字。據郭璞《江賦》注引《南越志》。《類篇》『蜛』注與此同。『鯺』注與《江賦》注同。」按：《文選·郭景純〈江賦〉》字正作「蛣」，似不必改。

［二一］方校：「案：《方言》五『涙』作『渠』，此葢用譌本字。」

［二二］明州本、潭州本、錢鈔注「闞」字从門。龐校同。朱校：「宋本『闞』誤从門。」

［二三］方校：「案：『或』字衍。大徐本『相捨』作『解也』。此从小徐。」按：明州本、錢鈔注「捨」字作「棔」。朱校：「宋本『捨』誤从木。」

［二四］明州本、潭州本、毛鈔、錢鈔注「刲」字作「封」。汪校、陸校、龐校、朱校、錢校同。方校：「案：『封』譌『刲』，據宋本及《説文》正。」馬校：「『封』，局誤『刲』。」姚校：「宋本作『封』，是。影宋本、余校、韓校皆同。」

［二五］毛鈔注「蝶」字下有「蝨」字。李校：「《詩傳》：『蝨蝣，渠略也。』釋文：本或作『蝶』。『或作蝶』下脱『蝨』字。」方校：「案：注『蝶』下奪『蝨』字，據宋本補。」某氏曰：「汪小米曰『疑脱蝨字』，嚴本有。」

［二六］方校：「案：《廣雅·釋室》『籬』，王本作『杝』，音義同。」

［二七］明州本、潭州本、毛鈔、錢鈔注「樚」字作「轆」。馬校、龐校、朱校、錢校同。方校：「案：『轆』譌从木。宋本同。據《廣雅·釋器上》及《類篇》正。」姚校：「宋本『樚』作『轆』，是。段云：『當作轆。』」某氏曰：「嚴厚民曰：『樚』當从車旁，宋本亦不从木。」

［二八］方校：「案：《廣雅·釋器上》作『繰』。」

[二九]　明州本、錢鈔注「燕」字作「燕」。朱校：「宋本『燕』字脱右旁作『燕』。」

[三〇]　方校：「案：此善本也。今本《釋詁二》『乾』竝譌『曝』。」

[三一]　姚校：「余校『者』下有『曰』字。」

[三二]　姚校：「吕云：『智宜作智。』」

[三三]　明州本、潭州本、毛鈔、錢鈔注「也」字作「皃」。汪校、龐校、朱校同。方校：「案：宋本及《類篇》、《韻會》『也』竝作『皃』，今據正。」姚校：「宋本『也』作『皃』。韓校同。」某氏曰：「汪小米曰：《詩》『零露湑兮』，毛傳：『湑湑然蕭上露皃。』字之誤『也』疑『皃』。」

[三四]　明州本、潭州本、毛鈔、錢鈔「捉」字作「捉」。朱校、錢校同。

[三五]　方校：「案：二徐本同。《類篇》『沮』作『具』。」姚校：「余校『沮』作『具』。吕云：《説文》『沮』作『具』。」

[三六]　按：此係郭璞《上林賦》注，非叔重語。此與《類篇》竝譌。《説文》「楈」下云：「木也。讀若芟刈之芟。」「以」當从《類篇》作「爲」。

[三七]　方校：「按：此見《莊子・天地篇》，釋文：『郭思魚反。』」

[三八]　明州本、潭州本、毛鈔、錢鈔注「商」字作「問」。汪校、陸校、龐校、朱校同。段校：「此用《荀子》，『問』當是『間』字。」方校：「案：『間』譌『商』，據《荀子》佹詩正。宋本作『問』，亦誤。」馬校：「『問』，局作『商』，皆爲誤字。案：此用《荀子》，當是『間』。《類篇》正作『間』。」姚校：「宋本『商』作『問』。影宋本、韓校同。」

[三九]　明州本、潭州本、毛鈔、錢鈔「䶢」字作「䶢」，注「沸」字作「沸」。汪校、龐校、朱校、錢校同。姚校：「宋本『䶢』作『䶢』，从囟。『沸』作『沸』。」方校：「案：『䶢』譌从囟，據宋本及《類篇》正。」

[四〇]　方校：「案：《繫傳》『癰』上有『久』字。《後漢書・劉焉傳》注及《韻會》引同。段氏从之。」

[四一]　明州本、毛鈔、錢鈔注「蛆」字作「蛆」。陸校同。

[四二]　方校：「案：『鵙』、『雎』譌从目，據《説文》及《類篇》正。」按：明州本、潭州本、毛鈔正作「鵙」、「雎」。陸校、錢校同。

馬校：「从且是也，局俱从目，非。」朱校：「且旁此本多誤从目，並从且。」

[四三]　明州本、毛鈔、錢鈔注「猨」字作「猿」。朱校、錢校同。姚校：「宋本『猨』作『猿』。」

[四四]　明州本、錢鈔注「苞蒩」作「藉也」。龐校、朱校、錢校同。毛鈔白塗。姚校：「宋本『苞蒩』作『藉也』。」

[四五]　方校：「案：『葢』譌『蓋』，下詳余切徐紐同，據《類篇》正。」

[四六]　明州本、潭州本、毛鈔、錢鈔注「睢」字作「雎」。朱校、韓校同。姚校：「宋本『睢』作『雎』，从且。」

[四七]　明州本、毛鈔、錢鈔注「不」字作「石」。馬校、龐校、朱校同。姚校：「宋本『不』作『石』，是。影宋本、余校、韓校同。」方校：「案：『石』譌『不』，據宋本及《説文》正」

[四八]　明州本、潭州本、毛鈔、錢鈔「即」字作「即」。韓校、朱校同。

[四九]　明州本、潭州本、毛鈔、錢鈔「屚」字作「屚」。方校：「案：『屚』下譌从旦，據《玉篇》、《類篇》正。」

[五〇]　明州本、潭州本、毛鈔、錢鈔「睍」字作「睍」。龐校、朱校同。方校：「案：『覰』當从《类篇》作『覰』。『睍』當从宋本作『睍』。」

[五一]　方校：「案：『葙』下奪『以』字。據二徐本補。」陸校：「『白』上脱『以』字。」姚校：「宋本『白』上有『以』字，是。」

[五二]　潭州本注「土」字誤「王」。

[五三]　明州本、錢鈔注「兎」字作「兔」。方校：「案：二徐本『罟』並作『网』。」姚校：「余校『罟』作『罔』。」

[五四]　方校：「案：《類篇》『詳』作『祥』。」按：明州本、潭州本、毛鈔、錢鈔「詳」正作「祥」。龐校、朱校同。姚校：「宋本『詳』作『祥』。韓校同。」

[五五]　方校：「案：當从《類篇》作『蔬』、『疏』。」

[五六]　方校：「案：『楸』中从疋，不从正，《類篇》亦誤。」按：明州本、毛鈔、錢鈔「楸」字正作「楸」。龐校、朱校、錢校同。姚校：「宋本作『楸』。」

[五七]　明州本、毛鈔、錢鈔「蹴」、「踈」作「疏」、「疎」。龐校同。朱校：「並从疋。」姚校：「宋本作『疏』、『疎』，从疋。」

［五八］明州本、錢鈔「絡」字譌「絡」。朱校：「『絡』，宋誤『絡』。」按：潭州本作「絡」，不誤。

［五九］明州本、毛鈔、錢鈔注「欗」字作「禰」。馬校、龐校、朱校同。方校：「案：『禰』譌从木，據宋本及本傳正。」姚校：「宋本『欗』作『禰』，从示，是。韓校同。呂云：『欗宜从示。』」

［六〇］方校：「案：《説文》作『書』，當以『書』爲正。」

［六一］明州本、潭州本、毛鈔、錢鈔注「著」字作「箸」。龐校、朱校、錢校同。方校：「案：『著』當从宋本作『箸』。」姚校：「宋本『著』作『箸』。余校、韓校皆同。」

［六二］方校：「案：《方言》六『舒』下有『勃』字，當據增。」

［六三］明州本、潭州本、毛鈔、錢鈔「瑹」、「荼」作「瑹」、「荼」。龐校、朱校同。

［六四］明州本、潭州本、毛鈔、錢鈔注「皃」字作「皃」。龐校、朱校、錢校同。姚校：「宋本『皃』作『皃』。」

［六五］按：《廣韻》注「叱」下有「人」字。

［六六］明州本、潭州本、毛鈔、錢鈔「葅」字作「葅」。龐校、朱校同。方校：「案：『葅』譌『葅』，據宋本及《關雎》箋釋文正。『薀』、『蘊』、『藴』《類篇》竝从血，入《血部》，似誤。」陳校：「《説文》下从皿，酢菜也。下从血，醢也。《類篇》『薀』、『蘊』、『藴』三字竝从血，引《説文》醢也。」姚校：「宋本作『葅』从夂，是。韓校同。」

［六七］明州本、潭州本、毛鈔、錢鈔注「凡」字作「几」。陳校、朱校、錢校同。方校：「案：『凡』係『几』字之譌，據宋本正。」姚校：「宋本『凡』作『几』，是。韓校同。」

［六八］姚校：「韓校『饉鉏』作『鑊鉏』，从金。」錢校同。按：毛鈔作「鑊鉏」。卷子本《玉篇·食部》：「飷，子野反，《蒼頡篇》：『飷，无味也。』」又：「饉，胡郭反，《吕氏春秋》：『伊尹曰：甘而不餔，肥而不饉。』《埤蒼》：『无味也。』《字書》：『飷也。』」作「饉飷」自通，似不必改作「鑊鉏」。

［六九］明州本、錢鈔注「預」字作「預」。朱校：「宋誤从矛旁。」按：潭州本不誤。

［七〇］明州本、潭州本、毛鈔、錢鈔注「恒」字作「恒」。朱校：「『恒』缺筆。」姚校：「宋本『恒』缺末筆。韓校同。」

［七一］明州本、錢鈔「鋤」字作「鋤」。姚校：「余校从『助』之字竝改『目』旁作『且』，是。」

［七二］明州本、潭州本、毛鈔、錢鈔注「咀」字作「眐」。陸校、龐校、朱校、錢校同。方校：「案：『眐』譌『咀』，據宋本及《地官·遂人》正。」馬校：「局誤『咀』。」姚校：「宋本『咀』作『眐』。余校、韓校皆同。」

［七三］明州本、錢鈔注「春」作「春」。姚校、錢校同。朱校：「宋誤『春』。」

［七四］方校：「案：《左·哀五年傳》作『鉏』。」某氏校：「《左傳·襄二十九年》作『鉏』。」按：《左傳·哀公五年》釋文：「鉏，仕居反。」

［七五］明州本、毛鈔、錢鈔「柔」字作「柔」。陸校、韓校、馬校、龐校、朱校、錢校同。姚校：「宋本『柔』作『柔』，从予，是。」方校：「案：『柔』譌从矛，據宋本及《類篇》正。」

［七六］明州本、潭州本、毛鈔、錢鈔注「世」字作「也」。衛校、陳校、陸校、馬校、龐校、朱校、錢校同。方校：「案：『也』譌『世』，據宋本及《類篇》正。」姚校：「宋本『世』作『也』，是。影宋本、韓校皆同。」

［七七］明州本注「染」字作「染」。毛鈔、錢鈔同。馬校：「局誤『染』，有點。」

［七八］某氏曰：「汪小米曰：『《爾雅》作鴽，《説文》从奴，疑非。』」方校：「案：《爾雅·釋鳥》作『鴽』，今《説文》从奴作『䳌』、『鴑』，疑非。」

［七九］明州本、潭州本、錢鈔注「母」字作「毋」。方校：「案：『牟母』，各本同。《釋鳥》作『鴾母』，釋文：或作『牟母』，如字。李音『無』。是李巡所據本作『毋』也。段氏據正。」

［八〇］明州本、潭州本、毛鈔、錢鈔注下「濡」字作「需」。陸校、馬校、龐校、朱校、錢校同。姚校：「宋本注下『濡』作『需』，是。影宋本同。」方校：「案：宋本及《莊子·徐無鬼篇》下『濡』字作『需』，今據正。」

［八一］《詩·大雅·民勞》：「柔遠能邇。」鄭箋：「能猶伽也。」釋文：「伽，檢字書未見所出，《廣雅》云：『如，若也，均也。』義音相似而字則異。舊音如庶反，義亡難見。」按：見《廣雅·釋言》。

［八二］方校：「案：『朅』譌『曷』。據《類篇》及《周禮·秋官·職金》注正。」按：明州本、毛鈔、錢鈔注「曷」字正作「朅」。余

校、陸校、馬校、龐校、姚校、朱校、錢校同。

［八三］明州本、潭州本、毛鈔、錢鈔注「稌」字作「捈」。陸校、馬校、龐校、朱校同。姚校：「宋本『稌』作『捈』，从扌，是。影宋本、韓校皆同。」方校：「案：『捈』譌『稌』，據宋本及本文正。」

［八四］潭州本注「㨢」作「樗」。毛鈔同。方校：「案：宋本作『樗』，誤。」

［八五］方校：「案：《説文》：『槫，木也。丑居切。』『樗，木也。以其皮裹松脂。讀若華。乎化切。』二字音義互譌。段氏改丑居切爲『樗』，乎化切爲『槫』，得之矣。此書并爲一談，殊誤。」某氏引汪小米曰：「《説文》：『槫，木也。丑居切。』『樗，木也，以其皮裹松脂，讀若華，乎化切。』判然二字。」

［八六］方校：「案：《釋宫》釋文止音佇，此本《玉篇》。」按：《廣韻》亦有此音。

［八七］明州本、錢鈔無注末「空」字。龐校、朱校同。姚校：「宋本無『空』字。」

［八八］方校：「案：大徐本作『峙躇』，小徐本作『跱躇』，此从山，誤。今从大徐。」按：明州本、毛鈔、錢鈔注「峙」字正作「峙」。陸校、馬校、龐校、朱校、錢校同。姚校：「宋本『峙』作『峙』，从止，是。影宋本同。」

［八九］方校：「案：『藷』譌『藷』，據《廣韻》、《類篇》及本文正。」馬校：「注『藷』，局誤『藷』。」

［九〇］明州本、毛鈔、錢鈔注「戊」字作「戉」。陳校、錢校同。方校：「案：宋本及《爾雅》『戊』作『戉』，當據正。」馬校：「局誤『戊』。」姚校：「宋本作『戉』。韓校同。」朱校：「當作『戉』，宋誤『戊』。」

［九一］方校：「案：《廣雅》未見。」

［九二］明州本、毛鈔、錢鈔注「凌」字作「淩」。龐校同。方校：「案：宋本『凌』作『淩』，《類篇》同。」

［九三］明州本、毛鈔、錢鈔注「歧」字作「岐」。陸校、龐校、朱校同。方校：「案：宋本『歧』作『岐』。」馬校：「『岐』，局作『歧』。古祇作『岐』。『蹄』，古作『蹏』，宋亦俗。案：《儀禮·鄉射禮》作『或曰如閭岐蹄』，與此文異。」

［九四］方校：「案：《韻會》『粗』作『租』，誤。『揔』當从《類篇》作『總』。」

［九五］方校：「案：『也』字衍。」

［九六］明州本、潭州本、毛鈔、錢鈔「簡」字作「簡」，注同。余校、汪校、陸校、馬校、龐校、朱校、錢校同。方校：「案：『簡』譌『簡』，據宋本及《廣韻》正。」姚校：「宋本『簡』作『簡』，是。影宋本、韓校皆同。」

［九七］明州本、錢鈔注「菴」字作「葊」。朱校：「『菴』宋作『葊』，似誤。」按：潭州本作「菴」，不誤。又，明州本、潭州本、毛鈔、錢鈔注「蔄」字作「蕳」。余校、汪校、陸校、龐校、朱校、錢校同。方校：案：「『蕳』譌『蔄』，據宋本及本文正。」馬校：「注『蔄』誤『蕳』，其大字作『蕳』。」

［九八］明州本、毛鈔、錢鈔注「鼲」字作「鼶」。馬校、陸校、朱校同。段校：「『鼲』宜作『鼶』。」方校：「案：『鼶』譌从鼠，據《説文》正。」姚校：「宋本『鼲』作『鼶』，从鼦，是。」

［九九］明州本「駼」作「駼」。龐校同。朱校：「从『㡿』者竝同。」

［一〇〇］明州本、毛鈔、錢鈔「旅」字作「旅」。龐校、朱校同。姚校：「影宋本作『旅』，从㡿，是。」

［一〇一］明州本、毛鈔、錢鈔注「擯」字作「擯」。朱校同。

［一〇二］明州本、潭州本、毛鈔、錢鈔注「絮」字作作「絮」。龐校、錢校同。

［一〇三］明州本、潭州本、毛鈔、錢鈔「絮」字作「袈」。余校、陸校、馬校、龐校、朱校、錢校同。姚校：「宋本『絮』作『袈』，从衣。影宋本、韓校皆同。」方校：「『敝絮』之『絮』，二徐本同，段氏據宋本《説文》改『絮』。亦書作『絮』，宋本《集韻》作『袈』，今據正。」

［一〇四］方校：「案：『也』係『巾』字之譌。據大徐本及《類篇》正。小徐本作『布』。」按：明州本、錢鈔注下「也」字正作「巾」。龐校、朱校、錢校同。陸校：「脱巾字。」未確。姚校：「下『也』字作『巾』。」

［一〇五］明州本、潭州本、毛鈔、錢鈔注「潁」字作「潁」。汪校：「从水。」龐校、朱校同。

［一〇六］明州本、潭州本、毛鈔、錢鈔注「蒘」字作「蕠」。朱校、錢校同。姚校：「宋本『蒘』作『蕠』，从手，是。余校同。」

［一〇七］明州本、毛鈔、錢鈔注「淚」字作「淚」。汪校、龐校、朱校、錢校同。方校：「案：《方言》五：『杷，宋魏之閒謂之渠挐。』此作『淚樳』，葢本《玉篇》。宋本『淚』作『淚』，誤。『把』當从木。」姚校：「宋本『淚』作『淚』，从水。韓校同。」

影宋本『把』作『杷』，从木。」

［一〇八］方校：「案：宋本及《類篇》『箸』作『著』，以从竹者爲是。」

［一〇九］方校：「案：『余』上奪『二』字，據二徐本補。『余』、『𥫗』並見二篇《八部》。」按：明州本、毛鈔、錢鈔注「余」字上正有「二」字。龐校：「文下有『二』字。」姚校：「宋本『余』上有『二』字。」錢校同。

［一一〇］明州本、潭州本、毛鈔、錢鈔注無「書」字。陳校、馬校、龐校、朱校同。方校：「案：《說文》『氣』作『气』。『或』下當从宋本無『書』字。」姚校：「宋本無『書』字。影宋本、韓校皆同。」

［一一一］方校：「案：『舁』上譌从臼，據《说文》正。」按：明州本、潭州本、毛鈔、錢鈔「舁」字正作「舁」。龐校、朱校同。

［一一二］明州本、潭州本、毛鈔、錢鈔「轝」作「轝」。汪校、陸校、馬校、龐校、朱校、錢校同。陳校：「『轝』，《廣韻》同『舁』，《說文》作『轝』。」方校：「案：正文『轝』譌『舉』。據宋本及《說文》正。」姚校：「宋本『舉』作『轝』。影宋本、余校、韓校皆同。」按：明州本、錢鈔注作「轝」。

［一一三］方校：「案：段氏據《爾雅・釋天》及《韻會》刪『畫』字。又今本『旟』字不疊，《類篇》同，段氏據此補。『衆』當作『眾』。」

［一一四］明州本、潭州本、毛鈔、錢鈔注「歲」字作「歲」。朱校同。

［一一五］方校：「案：『田』字衍。」按：大徐本有。

［一一六］方校：「案：《釋艸》『萸』作『輿』，釋文：『字或作萸。』」

［一一七］方校：「案：二徐本有『鷽』無『鸒』。段氏依此及《玉篇》正。『駟』，段本作『四』，所引《詩》葢《小雅・車攻》、《大雅・韓奕》『四牡奕奕』之異文。」李校：「今本《說文》有『鷽』無『鸒』，《玉海》引『四牡鸒鸒』，云：『本《說文》。』知南宋時尚未誤。《集韻》存此並引《詩》，真尤飆羊之思矣。」姚校：「段云：今《說文》有『鷽』無『鸒』，《集韻》兩引。」

［一一八］毛鈔注「猰」字作「獱」。姚校：「影宋本『猰』作『獱』，是。」

［一一九］明州本、毛鈔、錢鈔注「犱」字作「犰」。陸校、马校、韓校、龐校、朱校、錢校同。陳校：「『犰』从九，不从丸。」姚校：「宋本『犱』作『犰』，从九。」方校：「案：卷四《東山經》『犱』作『犰』，畢氏謂舊作『犱』，非。今宋本《集韻》及《類篇》作『犰』，亦非。」姚校：「宋本『犱』作『犰』，从九。」

［一二〇］方校：「案：又『菟』譌从艸，『兔』譌从丿，竝當訂正。舊本『眠』，畢校改『瞑』，以作『眠』爲俗。」按：明州本、潭州本、毛鈔、錢鈔注「兎」字作「兔」。龐校、朱校同。陳校：「『兎』，《山海經》作『菟』。」馬校：「『兔』，局作『兎』，俗。」

［一二一］明州本、潭州本、毛鈔、錢鈔注「爲」字作「焉」。汪校、陳校、龐校、朱校、錢校同。方校：「案：『焉』譌『爲』，據宋本及卷二《西山經》正。」馬校：「『焉』，局誤『爲』。」姚校：「宋本『爲』作『焉』，是。」

［一二二］明州本、錢鈔注「筭」字作「算」。朱校：「宋誤『算』。」按：潭州本注作「筭」。

［一二三］明州本、毛鈔、錢鈔注上「芳」字作「方」，下「芳」字作「燕」。汪校、陸校、龐校、朱校、錢校同。方校：「案：上『芳』當作『方』，下『芳』當从宋本作『燕』，語見《方言》十一。《類篇》此二字均不誤。」馬校：「局『方』、『燕』二字皆誤作『芳』字。舊藏局刻作『方』、『燕』不誤。蓋此頁以校本補。又入聲二葉皆坊間照棟亭本補入，而與影宋相符，其棟亭本譌處，悉依改正。不知坊本又據何本也。」姚校：「宋本上『芳』作『方』，下『芳』作『燕』，是。影宋本、余校『芳』並作『方』，韓校下『芳』字作『燕』。」按：潭州本上「芳」字亦作「方」，下「芳」字殘缺，僅存其首作「艹」。

［一二四］明州本、潭州本、毛鈔、錢鈔注「宫」字作「官」。陸校、龐校、朱校、錢校同。方校：「案：『官』譌『宫』，據宋本正。」姚校：「宋本『宫』作『官』，是。」

［一二五］方校：「案：此見《齊物論》。『芧』，李軌音予。軌當从九，後放此。」按：「軌」當作「軌」，明州本、潭州本、錢鈔均誤，毛鈔不誤。

［一二六］明州本、潭州本、毛鈔、錢鈔注「箯」字作「箯」。汪校、陸校、龐校、朱校、錢校同。姚校：「宋本『箯』作『箯』，从便，是。影宋本、余校、韓校皆同。」

［一二七］方校：「案：『卭』譌『邛』，據《爾雅・釋獸》正。」按：毛鈔注「邛」字正作「卭」。余校、陳校、陸校、姚校、錢校同。

馬校：「『印』，局誤『邛』。」又按：明州本、毛鈔、錢鈔「邛」字作「印」。朱校：「宋誤『印』。」龐校同。

［一二八］明州本、毛鈔、錢鈔注「曰」字作「作」。方校：「案：『曰』，宋本作『作』。」姚校：「宋本『曰』作『作』。」韓校同。

［一二九］明州本、毛鈔、錢鈔注「才」字作「揚」。余校、馬校、朱校同。陳校：「《類篇》作『揚』。」方校：「案：『揚』譌『才』，據宋本及《類篇》正。」姚校：「宋本『才』作『揚』，是。韓校同。」